COLLECTION FOLIO

Pierre Pelot

Petit éloge de l'enfance

Gallimard

Né le 13 novembre 1945 dans les Vosges, Pierre Pelot rêve de devenir dessinateur de BD. Il soumet sa première œuvre à Hergé qui critique les dessins mais s'enthousiasme pour le scénario. Le jeune homme publie à vingt ans son premier roman, *La piste du Dakota*, un western plein de bruit, de fureur et de paysages grandioses. Avec le personnage de Dylan Stark, un métis franco-indien, il commence ensuite une série de romans qui se déroulent dans le sud des États-Unis pendant la guerre de Sécession. Depuis, il a écrit sous son nom ou sous le pseudonyme de Pierre Suragne... Science-fiction, fantastique, livres pour la jeunesse, romans policiers, romans historiques — et même préhistoriques avec la série *Sous le vent du monde* en collaboration avec le paléontologue Yves Coppens —, aucun type de littérature ne lui est étranger. Il travaille aussi pour la télévision, le théâtre et novélise plusieurs scenarii de cinéma (*Hanuman, Le pacte des loups*). Son roman *L'été en pente douce* est adapté au cinéma par Gérard Krawczyk, avec Guy Marchand et Pauline Lafont. En 1994, Pierre Pelot publie *Ce soir, les souris sont bleues*, roman dans lequel apparaissent pour la première fois les personnages de l'oncle Elian, Anjo et surtout le jeune Cinq-Six-Mouches, héros du *Petit éloge de l'enfance*. Entre deux romans, il s'adonne à la peinture et à de longues promenades dans la forêt vosgienne.

Auteur de près de deux cents livres (lui-même avoue ne pas savoir exactement combien !), Pierre Pelot s'est imposé comme un écrivain inclassable dont l'univers séduit toujours plus de lecteurs.

Découvrez, lisez ou relisez les livres de Pierre Pelot :

CE SOIR, LES SOURIS SONT BLEUES (Folio n° 3312)

LA PISTE DU DAKOTA (Folio n° 3490)

L'ÉTÉ EN PENTE DOUCE (Folio Policier n° 210)

SOUS LE VENT DU MONDE, *avec la collaboration scientifique d'Yves Coppens* :

I. QUI REGARDE LA MONTAGNE AU LOIN (Folio n° 3031)

II. LE NOM PERDU DU SOLEIL (Folio n° 3313)

III. DEBOUT DANS LE VENTRE BLANC DU SILENCE (Folio n° 3462)

IV. AVANT LA FIN DU CIEL (Folio n° 3716)

V. CEUX QUI PARLENT AU BORD DE LA PIERRE (Folio n° 3831)

Il ne faut jamais croire les gens qui vous disent qu'il fera beau demain. Ce sont des menteurs pathétiques ou des illuminés, je ne veux pas penser une seconde qu'ils agissent par scélératesse.

Il ne faisait pas beau.

Déjà que toutes ces années passées s'étaient définitivement englouties au fond de quelque tourbillon nécessairement liquide, comme il en existe dans les noiretés de certains lacs, sournois, même pas visibles en surface.

Ce n'est pas tant qu'il ne faisait pas beau, mais surtout il pleuvait. Il pleuvait à la façon qu'il pleut ici — en un instant, presque à la seconde, je me suis souvenu. La pluie sur le paysage vert et gris, immuablement, exclusivement vert et gris, pour ne pas dire vert-de-gris. Les gris, en peinture, sont accessoires à toutes les couleurs, mais en l'occurrence, ici, c'est tout de même plus volontiers le gris et le vert, sur fond de brumes pendues comme des guenilles aux pentes de la montagne. Les fumées de l'humide qui remontent entre les cimes une fois l'averse désamorcée. « Regarde : les renards fument ! » disait mon père. De cette phrase il me souvient toujours et, allez savoir pourquoi, en même temps, je revois ses yeux, et je retrouve à mes narines l'odeur de tabac et de sueur qui imprégnait la bande de cuir de sa casquette…

Il ne faisait donc pas beau. Moi, je m'étais attendu à des retrouvailles au grand soleil, dans la chaleur et les ors d'un de ces étés de là-bas, au meilleur bout de l'histoire, quand nous allions dans de vastes shorts et de lâches maillots de corps qui méchamment remettaient à leur place dans nos maigreurs préadolescentes les prétentions mensongères tarzanesques que nous ne craignions pas d'afficher.

Mais il pleuvait.

Je n'aurais jamais imaginé hier encore, ou il y a simplement un instant, que le présent puisse à ce point se révéler bancal, à ce point ne pas tenir debout.

Il n'y avait plus rien. C'est-à-dire d'autres choses. Je pensais revenir chez moi et j'arrivais tout simplement en ailleurs au terme d'un grand voyage — pas loin de la dernière gare. Même les montagnes qui cernaient l'endroit me sont parues fatiguées et comme tassées, frileuses sous la pluie, davantage voûtées, je ne sais pas comment le dire, *différentes* en tout cas.

Je suis allé à la maison, d'abord. Je ne pouvais ne pas aller à la maison, *d'abord*. C'est-à-dire... non seulement je le pouvais mais j'aurais dû sans doute ne pas commencer par cette extrémité du souvenir, sauf que mes pas m'ont amené là sans que vraiment je les commande et je me suis laissé porter en oubliant de réfléchir.

Je l'ai déjà noté ailleurs, à une époque reculée où j'écrivais encore à plaisir : la maison de l'Oncle Elian et de la Tante Irène avait tout pour séduire un enfant, sans aucun doute tout particulièrement l'enfant que j'étais et jusqu'à ce que des années additionnées par mégarde fassent de moi, dès avant la mort de mon père, une sorte de « mauvais » garçon hirsute et renfrogné éternellement vêtu de jeans et d'une sorte de ciré simulant au plus proche le blouson de cuir noir que je ne pouvais évidemment pas me payer.

La maison.

La maison à flanc de colline, accrochée sur une sorte d'étroit plateau auquel on accédait par une grimpée pas vraiment raide dont je me rappelle surtout la couleur blême de la terre en été, la poussière sous les semelles et les pierres affleurantes qu'il convenait d'éviter en voiture, ce que ne faisait évidemment jamais mon grand cousin Jean-Joël, dit Anjo, et ce qui me mettait en joie quand il m'arrivait de me trouver en sa compagnie à bord d'un de ses engins ferraillants qu'il conduisait depuis toujours sans permis au su de tous, probablement même des gendarmes, d'après ce qu'il m'en souvient, des gendarmes qui n'avaient pas intérêt à le lui faire remarquer (affirmait Anjo de qui j'appris sans nul doute l'art d'être teigneux).

La maison, et puis le hangar, en face, et son sous-sol de pierres apparentes avec, au-dessus, cette grande pièce que s'était aménagée en appartement l'Oncle Elian (même pas mon oncle véritable, en fait — et de l'apprendre un jour me fit au moins le même effet que quand ma mère m'avoua sans en avoir l'air la supercherie du Père Noël), et dans laquelle il m'accueillait en été.

Il n'y a plus de hangar.

Plus de tonneau jaune, bien entendu.

Le chemin est goudronné, ils ont refait une beauté à la maison. Les liftings ne sont assurément pas toujours une réussite.

C'était dans un silence d'été lourd et parfait. Les mouches n'avaient plus de force, ni même l'envie de voler. Elles bourdonnaient confusément aux fenêtres en suivant « à pied » le périmètre des carreaux.

Un peu après que l'ombre eut glissé de ce côté de la bâtisse, Elian était descendu de chez lui, au-dessus du garage, et il était sorti. Un pas suspendu une seconde traduisit sa perplexité en lisière de chaleur vibrante et visible tracée au couteau dans la cour. Seuls des fous ou alors des gens en vacances pouvaient à l'évidence se remuer à plaisir dans les pesanteurs de cette fournaise.

Les paupières d'Elian étaient lourdes et plissées, encadrant le gris du regard dubitatif — elles papillotèrent et se fermèrent à demi. Il écouta, une grimace avançant lentement comme un bec en formation sous la moustache raide et compacte. Dans sa main droite il tenait un illustré roulé très serré, avec lequel il se donna quelques légers coups sur la cuisse. Puis il s'élança et traversa la lumière blanche en trois enjambées rapides, aériennes, comiques, qui le portèrent au-delà de l'angle du mur, en zone amicale ombragée.

Là, il prit place sur son tonneau jaune.

C'était un fût de deux cents litres en métal, qui avait contenu de la créosote, généreusement tavelé de rouille et qui puait toujours, surtout par temps chaud. L'odeur ne gênait pas Elian… Il s'installait sur son tonneau chaque fois qu'il trouvait une occasion de tuer le temps à ne rien faire, et préférait ce siège, un bout de planche de coffrage sous les fesses, au confort du banc de lattes sous la fenêtre de la maison, à une dizaine de mètres de là.

Elian Toussaint s'adossa au mur du garage. La chaleur à fleur de crépi traversa immédiatement sa chemise, entre le V des bretelles de la salopette. Il portait des espadrilles de toile noire, poussiéreuses, enfilées en savates, laissant visibles ses chevilles très blanches, d'une blancheur inhumaine, éclatante, nette, sans tache, qui s'assortissaient mal au visage buriné du bonhomme comme à la pigmentation rougeaude de ses mains. Il balança ses talons l'un après l'autre, frappant doucement, à petits coups discrets, le tonneau jaune.

Un scarabée d'émeraude traversait la cour, étincelant, tirant son ombre entre ses pattes. Du seuil de la maison où il feignait d'être assoupi, le chat rayé de jaune aperçut l'insecte et le suivit des yeux, regard au ras du sol, et referma lentement les paupières quand « la demoiselle » quitta son champ de vision.

Il y avait trois lézards sur la façade de la maison, entre les fenêtres de l'étage et l'œil-de-bœuf du grenier, deux autres encore au-dessus de la grande porte ouverte du garage.

On entendit cliqueter les maillons de la chaîne de Titi, au fond de la pénombre fraîche du garage…

Le bruit, qui s'était éteint juste avant la sortie d'Elian en pleine lumière, monta de nouveau, tournant, roulant dans l'air — des rires, l'impact des pierres dans l'eau, les aboiements — et atteignit Elian en pleine face. Le bruit rebondit contre le mur chaud, mais tout autant d'un bord à l'autre des montagnes enserrant le val de Goutte-Cerise ; il se forgea comme une sorte de méchant écho assourdi, qui, à défaut de s'élancer vers le bleu du ciel embrasé, dégringola et s'insinua parmi les feuilles figées des arbres et les aiguilles de bronze des épicéas…

Ils étaient trois.

Deux garçons et un chien.

Le chien s'appelait Dick. Une sorte de boxer. Brailler ce nom toutes les quinze secondes et sur tous les tons, principalement celui d'une espèce de hargne incompréhensible, constituait apparemment pour les deux jeunes garçons, un des deux surtout, l'expression même de l'amusement dans son idéale exemplarité. Lequel Dick sautait, aboyait, courait après les pierres que lui lançaient dans l'eau les deux zozos, quelquefois les rapportait ainsi qu'on l'exhortait à le faire, s'ébrouait, s'agitait, bondissait, aboyait, aboyait et aboyait.

C'était un mercredi.

La première fois, c'était dimanche. À cette même heure un peu avant quatre heures — et déjà Elian se trouvait sur son tonneau jaune à attendre l'arrivée de la famille Violet, les touristes du mois d'août (puis il y avait eu ce coup de téléphone prévenant de leur retard). Ils avaient fait leur apparition comme par magie. Ne venaient pas par le chemin, mais montaient en suivant la berge : les deux garçons vêtus de tee-shirt et de short blancs, chaussés de blanc, ayant d'ores et déjà crié « Dick ! Diiiickk ! » quatre cent mille fois en moins d'une minute, et ce sacré Dick qui jappait comme un malade. Le joyeux trio s'était arrêté ici, juste sous le ravin, pile dans l'axe du poste d'observation d'Elian — auquel ils n'avaient d'ailleurs pas jeté un seul coup d'œil, exactement comme s'il n'existait pas — et ils s'étaient mis à chambouler les pierres du ruisseau avec entrain. Cinq heures ; après avoir dressé pratiquement la moitié d'une véritable digue, les deux garçons vêtus de blanc, suivis de l'impétueux Dick, s'en étaient allés. Retournant d'où ils venaient et par où ils avaient surgi, suivant la berge, disparaissant sous les buissons.

Le lundi à quatre heures, ils étaient de nouveau là, pour reprendre et poursuivre le même jeu.

Et aujourd'hui, mercredi.

Dans la chaleur d'août, les claques sourdes des pierres entrechoquées dans les éclaboussements, les cris des gamins et les abois frénétiques de ce sacré cabot cinglé s'entrecroisaient et rebondissaient. On pouvait toujours espérer voir au moins un des deux garnements tomber le cul au jus. Mais jusqu'à présent non.

Bien que tamisée par l'ombre du garage à cette extrémité de la cour, la chaleur se mit à peser. Des mouches qui s'étaient réveillées tourniquaient autour du visage d'Elian. Il les chassait distraitement d'un geste mou de la main tenant le magazine roulé. La queue du chat rayé de jaune battait dans son sommeil sous l'emprise d'un tic nerveux ou d'un rêve. De loin en loin, Elian bombait le torse et creusait les reins jusqu'à cette grimace douloureuse qui accompagnait toujours le redressement de son dos.

L'herbe non fauchée des prés qui descendaient vers le ruisseau et remontaient de l'autre côté sous le chemin forestier en lisière de sous-bois se dressait blême et sèche, absolument immobile, comme crayonnée à la craie sur un fond pastel, gribouillée parfois d'un vol de papillon blanc. Le ciel pesait de tout son poids bleu sur le val, entre les voussures de la montagne chargées de senteurs de résines, d'humus et de taillis. Aucun bruit ne montait du bourg, ni de la route à trois cents mètres de là, invisible derrière les haies et les tranches de bosquets... Aucun bruit de nulle part, ni de la route, ni du bourg, ni de la vallée, ni des bâtiments proches de la colonie de vacances au carrefour de la route communale et du chemin du val.

Juste ces deux vauriens et leur chien...

Elian finit par jeter au sol le magazine qu'il n'avait pas déroulé. Il essuya longuement ses paumes moites et maculées de peluches de papier sur les cuisses de sa salopette propre, y laissant de larges marques grisâtres...

Plus tard Titi remonta du fond du garage et s'écroula sur le béton chaud du seuil de la grande porte, pas loin de sa gamelle. De temps à autre il levait la tête puis la laissait retomber dans un cliquetis de chaîne de collier, en soupirant. Il n'y avait pas deux chiens à la ronde pour soupirer comme celui-ci.

Elian aperçut Cinq-Six-Mouches qui passait dans une trouée des arbres sur le chemin forestier, juste en face, et laissa glisser entre ses dents par-dessous la moustache :

— Tiens, voilà Cinq-Six-Mouches.

Il souleva un coin de fesse pour laisser filer un vent discret, et se pencha de côté dans le mouvement et donna un coup d'œil en arrière, au-delà de l'angle du mur, en direction de Titi, comme essayant de faire croire au chien que la remarque s'adressait à lui et qu'il n'avait pas le moins du monde parlé tout seul. Titi observait deux mésanges qui sautillaient autour de sa gamelle au fond couvert de vieux riz collé et sec ; il bougeait la queue et frissonnait d'une patte à cause d'une mouche.

Ne pas identifier Cinq-Six-Mouches, aussi loin que le regard pût l'attraper, était parfaitement impossible. Atteignant à ce degré d'acidité, le vert du blouson de survêtement que portait le gamin n'était plus une innocente couleur.

Elian tordit le cou davantage, suivant la progression du gamin qui courait sur le chemin, apparaissant et disparaissant entre les feuillages.

Quand il fut arrivé en face de la maison, Cinq-Six-Mouches s'arrêta sur le bord du chemin forestier — et Elian sut très exactement ce qui se passait dans sa tête, car à la verticale précise d'un trait imaginaire tendu entre le gamin et lui, à la moitié de la longueur de ce trait, au creux du val, les deux garçons vêtus de blanc et leur chien s'ébattaient dans le ruisseau, à l'emplacement de ce qui avait été un gué et qu'ils avaient démoli sans même s'en rendre compte.

— Et alors ? marmonna Elian. Tu vas te laisser impressionner par ces deux zozos ?

Il savait bien que le gamin n'avait pas son pareil pour se laisser impressionner par dix fois moins que cela. Il soupira. Cinq-Six-Mouches reprit sa course sur le chemin, plutôt que de couper au court et dégringoler à travers prés, comme il l'eût fait si le paysage avait été vide. Il allait s'obliger à un détour de plus de trois cents mètres pour reprendre l'autre chemin, celui de la maison, après avoir traversé la Goutte sur le pont de troncs.

Elian grommela dans sa moustache. Il se tassa légèrement sur lui-même puis se racla plusieurs fois la gorge pour manifester sa désapprobation.

Le chien des vieux Tolet (la maison près du pont, dont on apercevait entre les ramures le faîte du toit et la cheminée qui fumait, été comme hiver, jour et nuit) salua de ses trois abois caractéristiques le passage du gamin ; quelques secondes plus tard le blouson vert apparaissait au bas de la côte.

Elian descendit de son perchoir.

— Pourquoi que t'as pas traversé tout droit ? demanda-t-il malicieusement. Te voilà aussi essoufflé que si t'étais dix fois trop petit pour respirer ton contenu. C'est les zozos d'en bas, là, qui t'ont fait peur ?

Cinq-Six-Mouches luisait de transpiration. La coupe fraîche de ses cheveux tranchait plus blanc que blond sur son visage rouge et rond. Le pourtour de sa bouche, ses joues et ses mains étaient barbouillés de jus de myrtille ; sur ses jambes maigrichonnes, un entrelacs violacé tramé de griffures lui dessinait des chaussettes en lambeaux tirées plus haut que ses genoux couronnés ; son short bleu, un rien trop vaste, portait au fond le sceau de la brimbelle écrasée — la seule pièce intacte et non souillée de sa vêture était l'incroyable blouson *vert*.

Il tenait à la main un vieux pot à lait de deux litres cabossé et bosselé dont le couvercle gauchi pendouillait en tintinnabulant au bout de sa chaînette : les myrtilles tassées au fond du pot le remplissaient au petit tiers… Ce que remarqua Elian d'un regard plongeant.

— T'as pas cueilli davantage ? T'en as pas trouvé ou bien t'as tout mangé ?

— Mais si, dit Cinq-Six-Mouches, j'avais presque plein.

— Et t'as mangé un litre de brimbelles…

— Mais non.

Le gamin planté là ruisselait, essoufflé, l'air bizarre.

— J'ai renversé en courant.

— T'as renversé en courant ? dit Elian, le sourcil droit exprimant une sévérité caricaturale. Et qu'est-ce que t'avais à galoper comme ça, alors ?

— J'ai été piqué par des guêpes, dit Cinq-Six-Mouches.

Grimaçant. Exprimant la crânerie stoïque, après cette peur irréfléchie et jaillissante qui l'avait propulsé d'un seul élan sur ses jambes de sauterelle du point de la cueillette où les insectes l'avaient assailli jusqu'ici, où il pouvait enfin souffler et s'abandonner aux conséquences de l'événement, en sécurité. Elian s'accroupit en grimaçant à cause de son dos.

— T'as été piqué par une mouchette ?

Cinq-Six-Mouches fit comme s'il relevait, d'un geste machinal, sa frange de cheveux disparue depuis que deux jours auparavant Monsieur Tin, le coiffeur, comprenant trop tard que le gamin ne voulait pas de coupe en brosse, avait tenté au mieux de réparer les dégâts engagés. Désignant son front nu, il dit de son étonnante voix grave :

— Je crois bien que j'ai marché sur un nid, dans les brimbelliers.

— Comment ça, tu as mangé sur un nid ?

— Marché, corrigea Cinq-Six-Mouches sans rire.

Ses yeux brillaient et son menton tremblait un peu. Il avait la langue et les dents toutes bleues.

— Nom d'une bête en bois, fit Elian. Oui. On voit bien la piqûre, et le dard, là… On dirait même que t'es en train d'enfler, camarade. Nom d'une bête en bois. C'est rien. On va voir ta tante, elle va t'arranger ça.

Cinq-Six-Mouches produisit un « oui » aspiré. Il semblait prêt à mourir sur place plutôt que lâcher son pot à lait au petit tiers rempli, et il attendit, avant de bouger, qu'Elian se redresse en expirant avec force, puis il le suivit vers la maison, à travers la cour. Le chat rayé de jaune avait disparu.

Elian dit sans avoir l'air de poser vraiment la question :

— Pourquoi que t'es pas descendu tout droit et que t'as fait le grand tour ? C'est les deux zozos là dans la Goutte avec leur chien qui t'ont fait peur ? C'est sûr qu'il ne manquerait plus que tu te fasses mordre ! dans quel état on va finir par te rendre à tes parents, nom de Dieu, mon garçon… Où qu'ils se croient, ces zozos-là ? Tu les connais pas ?

Il demandait une fois par jour au moins, depuis dimanche.

Cinq-Six-Mouches dit que non tout en esquivant d'un retrait vif de la tête une chiquenaude amicale d'Elian. Depuis que ce dernier avait prononcé le mot « enfler », c'était visible et ça se dépêchait de gonfler sur le front de l'enfant.

La haute maison droite, dont les pignons avaient été surélevés jadis, semblait exsuder par son crépi une variété particulière de silence sec et brûlant ; non pas le silence coutumier aux trop chauds et vibrants après-midi estivaux, quand tous les sons éparpillés ne font que se reposer en attendant l'instant où ils pourront de nouveau prendre leur envol, mais quelque chose d'autre, en moins ou en plus, on ne le définissait pas a priori ; le silence des choses et des instants finis, retombés partout alentour, gangue invisible, lourde, serrée, qui semblait non pas uniquement peser sur l'endroit mais émaner de partout pour se concentrer là, se briser en milliers de fragments, dès que le gamin et l'homme eurent franchi le seuil en écartant le rideau de perles de bois colorées…

Dans le couloir d'entrée, au bas de l'escalier que Cinq-Six-Mouches n'était plus autorisé à dévaler en sautant une marche sur deux comme il aimait tant le faire même après cette magistrale gamelle de l'an passé qui lui avait coûté deux dents de lait, Elian appela :

— Irène ! Il y a ici vot' neveu qui aurait besoin de vos soins !

Le ton désamorçait ce que le propos pouvait contenir d'alarmant. L'homme et l'enfant échangèrent un regard de connivence. Elian cligna de l'œil et posa sa main sur la tête de l'enfant — qui fit juste une légère grimace.

Jamais Cinq-Six-Mouches n'avait résolu de façon satisfaisante cette énigme du vouvoiement entre Tatirène et « l'oncle » Elian. Il était bien obligé de se contenter du « parce que » invariablement obtenu en réponse à l'interrogation. Parce que. Parce que sans doute, Tante Irène ayant été l'épouse de Bertrand Toussaint durant dix ans avant d'en être la veuve depuis vingt, Elian n'était même pas un oncle véritable mais le vulgaire et banal frère du tenant du titre décédé…

— Qu'est-ce qu'il a *encore* fait ? dit Tatirène.

Ils sursautèrent quand la voix s'éleva toute proche, sur leur droite, accompagnée brusquement par le déferlement dans le couloir du soleil par la porte ouverte, comme si son incandescence contenue et comprimée dans la pièce eût fulguré dix fois plus ardemment qu'au-dehors.

Irène se tenait dans l'encadrement de la porte de l'appartement du rez-de-chaussée qui aurait pu être celui d'Elian six mois par an mais qu'il avait depuis longtemps choisi d'abandonner à l'occupation des touristes, au souvenir de leur passage comme à l'attente de leur venue.

Dans l'éblouissante lumière toute brillante de poussières suspendues, l'ombre dure et tranchée de la femme vêtue de noir coula sur Elian et Cinq-Six-Mouches, se resserra sur ce dernier lorsqu'elle s'agenouilla devant lui. L'expression catastrophée de son visage grave changea à peine après qu'elle se fut pourtant rendue à l'évidence : cet enfant dont elle avait la responsabilité d'un bord à l'autre des vacances ne saignait pas, ne s'était apparemment rien cassé ni démonté ni déboîté — et l'expression de la femme ne changea pas davantage après qu'Elian eut annoncé sur le ton de la blague :

— Il couve les nids de guêpes. M'est avis qu'il va falloir que je lui trouve un autre nom que Cinq-Six-Mouches.

— Ce serait pas plus mal, dit Irène.

Poussant l'un et entraînant l'autre dans la cuisine ensoleillée, elle ouvrait un placard, déchirait le coton qu'elle aspergeait de vinaigre, tamponnant ensuite généreusement et vigoureusement le front du gamin.

— Il se tuera, disait-elle. Il va finir par se tuer, le malheureux. Lève-moi un peu ta tête, là… Comment est-ce que tu as fait ton compte pour te faire piquer par une guêpe ?

— J'ai pas fait exprès, dit Cinq-Six-Mouches en serrant les dents.

Elian disait :

— Je les regarde depuis presque une heure, ou plus. J'me demande bien d'où qu'y viennent. Avec leur sacré chien aboyeur… Quel plaisir qu'on peut prendre à entasser des pierres dans ce ruisseau ? On dirait qu'ils veulent faire une retenue d'eau. Une piscine, ma parole, peut-être bien qu'c'est ça, oui, et qu'y vont se mettre à se baigner là-dedans, un de ces quat' matins… Nom de Dieu manquerait plus que ça… D'où qu'y sortent, ces deux zozos avec leur espèce de sacré Dick qui peut pas voir une pierre tomber dans l'eau sans se jeter dessus en aboyant comme un sourd. Ma parole, vous entendez pas les aboiements ?

Il glissa un regard pensif sur la tête humectée du gamin ; il dit :

— C'est une fameuse vinaigrette que vous lui faites là... Déjà qu'avec ce qui lui restait comme cheveux... Ça va lui faire une vraie salade d'endives sur la tête !

— Mais arrêtez donc de faire marcher cet enfant ! dit Irène. (Et les poussant dehors, disant :) Tiens ton coton vinaigré sur ta piqûre, toi, allez, hop ! (Tous trois quittant la pièce, Cinq-Six-Mouches le premier, maintenant d'une main le coton sur son front, un œil fermé.) Comment tu peux encore avoir envie de venir ici, mon gamin, avec tout ce qui t'arrive dès que tu fais un pas ? Et tout ce que ces deux-là, Anjo et celui-ci, te font pas entendre quand ils s'y mettent... (Puis dehors, passé le rideau de perles de bois, Irène immobilisée, les yeux clignant, sur le seuil :) Va pas te casser une jambe, ou quelque chose, maintenant... Essayez donc un peu de le surveiller, vous...

— S'il aime bien venir ici, dit Elian, c'est pas compliqué : c'est qu'il en entend dix fois moins que chez lui, avec ses sœurs. Et il lui arrive pas plus de malheurs qu'ailleurs... C'est pas moi qui l'ai baptisé « Cinq-Six-Mouches »...

— Si, c'est toi, dit Cinq-Six-Mouches.

— Allons bon. Mais Anjo, lui, t'appelle Léon. C'est pas mieux. T'as pas une tête à t'appeler Léon.

— Il appelle tout le monde Léon. Des fois même toi, dit Cinq-Six-Mouches.

Suivi docilement par le gamin, Elian fit quelques pas à travers la cour et s'immobilisa dès que son regard coulant par-dessus le bord du ravin lui permit d'apercevoir les lanceurs de pierres. Ses paupières s'alourdirent. Une extrême contrariété descendit sur ses traits fripés, puis fondit.

— Sans compter que c'est dangereux, dit-il en désignant le tas de bois rangé sur le bord du ravin. Admets que ce tas de bois s'écroule et roule en bas...

— Pourquoi le tas de bois s'écroulerait ? dit Cinq-Six-Mouches.

Elian haussa une épaule.

— Quatre heures, dit-il. C'est à cette heure qu'ils s'amènent, et ils se mettent à patauger et construire des barrages. Si on sait pas que le clebs s'appelle Dick et qu'il écoute rien, c'est qu'on est franchement sourd comme une cafetière… Avec leur culotte et leur maillot blancs… pas un seul des deux qui soit tombé au moins une fois le cul dans l'eau. Penses-tu ! Nom d'une bête en bois. Ce serait toi, Cinq-Six-Mouches, tu te serais noyé en balançant ton premier caillou… Et là, à cinq heures, hop là, les voilà partis, comme si leur autorisation d'emmerder les gens dépassait pas une heure par jour. D'où qu'ils sortent, des zozos pareils ? C'est des touristes, ou bien des jeunes en vacances chez des parents à eux, par ici ? Ou de la colonie ?

— C'est bien de vous, dit Irène, de vous tourmenter pour des gens qui s'amusent dans un ruisseau.

— Je me tourmente rien du tout… Si j'étais une truite de ce ruisseau, là, oui, je me tourmenterais… Il y a mille façons de jouer dans un ruisseau sans chambarder toutes les pierres, chaque jour depuis dimanche entre quatre et cinq heures de l'après-midi. Des fois cinq heures et demie.

— Je voudrais bien qu'Anjo y pense, à cinq heures, parce que c'est l'heure du train…

Les yeux d'Elian brillèrent ; les craquelures et les rides de ses joues rasées de près (alors qu'on n'était ni jeudi ni dimanche) disparurent. Il dit :

— Ne vous tracassez pas pour Anjo ni pour le train. Y savent tous deux ce qu'ils ont à faire. (Il regardait de nouveau en direction du ruisseau, si bien qu'il ne vit pas Irène rentrer dans la maison.) Vous êtes toujours à vous tracasser pour des… (Il entendit retomber en s'entrechoquant les perles du rideau, s'interrompit. Il dit :) On les paierait pour trimbaler d'un mètre des pierres moitié moins lourdes, ils t'enverraient chier…

Il soupira, fit trois pas en direction du garage où Titi attendait, revint à Cinq-Six-Mouches :

— Alors comme ça, dit-il, je dois te surveiller pour que tu te casses pas une patte avant l'arrivée de la nouvelle fournée de touristes, t'as entendu, hein ? (Il cligna de l'œil.) Fais voir ta piqûre.

Cinq-Six-Mouches retira le coton réduit sous la pression de sa paume à une sorte de pastille plate et molle ; une gouttelette de vinaigre coulait droit vers le coin de son œil et Elian la fit exploser d'une pichenette précise. L'enflure avait pris la taille d'une pomme sauvage, déformant l'arcade sourcilière. Elian poussa sous sa moustache un sifflement impressionné.

— Ça te fait mal ?

— Un peu.

— On va s'occuper de toi, mon gars.

S'occuper de Cinq-Six-Mouches consista à faire un tour dans le potager pentu derrière la maison, où Elian coupa deux feuilles de replant de poireau qu'il écrasa entre ses doigts et appliqua sur la piqûre.

— Ce qui nous fait, annonça-t-il sans rire, du *poreau* vinaigrette.

Cinq-Six-Mouches sourit de toutes ses dents bleues.

— Écrase-toi bien ça là-dessus, dit Elian, et attends que ça passe.

— C'est dans le ruisseau que vous avez votre vivier à truites, avec Anjo ? demanda Cinq-Six-Mouches.

Elian plissa les paupières. Un grand moment, regardant le gamin. Puis il soupira et se redressa en grimaçant à cause de son dos.

Quand ils eurent fait le tour du jardin, Cinq-Six-Mouches était pareil à lui-même, sauf que tous les efforts déployés depuis une demi-heure pour empêcher l'évolution de l'enflure n'avaient servi à rien. De plus, il boitait.

Elian lui demanda comment il avait pu, dans une allée de jardin et en moins de vingt pas accomplis à une allure de limace, se faire une entorse — Cinq-Six-Mouches avoua à retardement que les guêpes ne l'avaient pas seulement piqué au front mais qu'elles s'étaient engouffrées dans son short, aussi, pour s'en prendre à ses fesses… mais que ça, il ne fallait pas le dire à Tatirène.

Je suis resté planté sur le chemin trois minutes, à peine, vaguement assommé, on ne m'en avait rien dit.

Qui m'en eût averti ?

Trois minutes, ou moins, avant qu'un chien et deux enfants suivis d'une femme surgissent de sous une sorte d'auvent de toile rayée rouge et blanc parfaitement déplacé sous la pluie, et s'avancent, et le chien seul poursuivit dans ma direction. J'ai dit : « Je crois que je me suis trompé de chemin. » L'espèce de teckel me reniflait les chaussures. « Jeff ! » a appelé la femme. « Allons, Jeff ! viens ici ! Vous cherchez quelqu'un ? » C'était un chien qui n'en faisait qu'à sa tête. J'ai dit que non, que oui, mais que non, j'ai répété que je m'étais trompé, j'ai assuré que ce n'était pas grave, et ça ne l'était sans doute pas tant que ça. J'ai tourné les talons en espérant que Jeff ne s'imaginerait pas qu'il m'impressionnait et n'en profite pas. C'était un peu une fuite effectivement. Quand même.

Jeff. Big Jeff. Évidemment que ça m'est revenu en tête, tout en redescendant le chemin luisant de pluie, sur le bruit de mes pas qui frappait un peu fort à mon goût, et gardant un moment sur ma nuque, je le sentais bien, le regard attardé de la femme qui ne répondait pas aux questions des enfants.

Je ne sais pas pourquoi on l'appelait Big Jeff — et non pas Grand Jeff. Pourquoi cette américanisation du diminutif. Et ne sais pas pourquoi on « en avait peur ». C'est-à-dire que si, je sais pourquoi, mais ne me souviens pas qu'il se fût jamais rendu coupable de quoi que ce soit qui eût étayé cette crainte qu'on avait de lui. Il était immense, « ne connaissait pas sa force », disait Tatirène. Elle disait aussi, comme beaucoup, qu'elle n'aurait pas voulu le rencontrer au coin d'un bois — mais Tatirène n'allait jamais au coin d'un bois. Il n'avait sans doute pas inventé la poudre. Ne savait ni lire ni écrire et tout ce qu'il avait appris à l'école devait être la présence silencieuse des heures et des heures durant, des jours et des jours, des années, entre les mises en liberté des vacances. Il possédait une de ces petites voitures qu'on peut conduire sans permis et dans laquelle il évoquait quelque fœtus monstrueux recroquevillé dans un œuf à roulettes.

En tout cas, à moi, il n'a pas fait le moindre mal. Il s'est tortillé un peu pour me laisser de la place dans son œuf. Il a dit « j'te fais peur ? », je m'en souviens. J'ai dit que non. C'était vrai. Plus rien ne me faisait peur à cet instant-là. J'avais dix ans.

C'était l'Onc' Elian qui m'avait surnommé Cinq-Six-Mouches… Mais qu'est-ce que t'as donc à être énervé comme ça, pire que cinq, six mouches dans un bocal…

L'enfance, alors. Alors c'est donc ça, aussi. Tous ces gens qu'on aimait et qui s'en sont allés sans vous attendre. Et vous planté au milieu de la foule en partance.

J'ai cru entendre dans la grisaille comme un écho de clairon au loin, mais ce devait être une impression, simplement une impression. Il n'y a plus de « conscrits », la tradition s'est envolée. Forcément, puisque plus de service militaire, et donc plus de jeunes gens en bande, l'année de leur conscription, à parcourir plusieurs jours durant le village et ses « écarts » en agitant des drapeaux, se faisant offrir à boire et mendiant l'argent qui leur paierait un voyage et un gueuleton à la fin de l'année. Je pense que l'année où j'ai moi-même sacrifié à la tradition (en compagnie d'une dizaine d'autres garçons) a dû être une des dernières de la pratique.

Je me suis dit que j'irais le lendemain à l'étang.

Au cas où les mots y seraient toujours enterrés sur la berge. L'étang au moins doit être encore là, à sa place.

LA FUGUE
DE
CINQ-SIX-MOUCHES

À l'âge de huit ans, Cinq-Six-Mouches s'était rendu dans cette partie de la Haute-Saône. Il y était probablement allé avant et après ses huit ans (sans aucun doute), mais c'était cette fois, quand il avait huit ans, qui marquait son souvenir.

Il en était revenu à pied à travers la forêt, et tout petit garçon qu'il fût s'était plutôt bien débrouillé, marchant comme un grand, sans que P'pa le porte sur ses épaules à aucun moment — ce qui signifie qu'en vérité la distance ne devait pas être phénoménale. Il se souvenait d'une sorte de ferme à côté d'un étang… et de beaucoup d'autres étangs dans les environs. Evie était là elle aussi. Quelqu'un les avait conduits jusque-là, soit qu'à l'époque P'pa n'eût probablement pas de voiture à lui, soit qu'il se fût trouvé dans une de ses périodes de poisse où celle qu'il possédait l'avait lâché pour une histoire de cardans ou de pistons ou de choses comme ça (avec les voitures, P'pa n'avait pas de veine, et Anjo prétendait même qu'il n'en aurait pas eu davantage avec des patins à cirer sur un parquet) ; en tout cas c'était quelqu'un, un ami sans doute, une connaissance, qui les avait véhiculés là-bas où avaient été retrouvés les chiens de chasse fugueurs de P'pa et d'où les gens du lieu avaient téléphoné au numéro inscrit sur la plaque des colliers pour dire à P'pa que ses chiens étaient retrouvés.

Cinq-Six-Mouches ne se souvenait plus de qui les avait emmenés en voiture, P'pa, Evie et lui. Mais ce n'était pas Anjo, en tout cas. Peut-être parce que c'était déjà une période où l'on n'osait plus demander quoi que ce soit à Anjo après lui en avoir continuellement demandé trop pendant longtemps auparavant, ou encore parce que Anjo ne disposait pas lui non plus de voiture en état de marche à ce moment-là, bien qu'il fût indiscutablement plus doué et compétent que P'pa en mécanique automobile, sans avoir obligatoirement pour autant beaucoup plus de veine.

Ils étaient donc allés rechercher les chiens de chasse disparus depuis une semaine. P'pa se faisait un réel souci, d'une part à cause de ses chiens perdus, mais d'autre part et peut-être surtout parce que c'était le milieu du printemps, qui est une saison située sérieusement en amont de l'ouverture de la chasse… P'pa se faisait du souci pour ses chiens autant que pour l'amende qu'il risquait d'avoir à payer si les chiens tombaient dans les pattes de quelque fédéral. Mais les chiens étaient tombés dans celles d'un brave type en Haute-Saône, qui avait téléphoné après les avoir recueillis pendant deux jours, et tout le monde était parti avec quelqu'un en voiture, un samedi matin, et revenus à pied en coupant par les accourcies à travers la montagne et les bois.

Ce qui signifiait donc que le pays des étangs ne se trouvait pas très très loin.

Cinq-Six-Mouches envisageait de l'atteindre dans la matinée du lendemain.

Il avait la ferme intention de marcher une bonne partie de la nuit au moins jusqu'à cette étape du chalet des chasseurs qu'il s'était fixée.

Il se souvenait parfaitement bien que la dernière partie du trajet s'était effectuée de nuit, de P'pa et Evie qui chantaient une ritournelle entraînante avec des paroles qui revenaient en boucle (*Une ! deux ! une-deux-trois ! flagada ! C'est pas moi !*), se souvenait qu'Evie et lui hurlaient en riant les « flagada-c'est-pas-moi ! »

et que P'pa, en riant lui aussi, leur avait demandé à un moment de se taire parce qu'ils approchaient des maisons… Et les chiens qui tiraient sur les laisses, queues battantes, leur pelage blanc taché de roux qui semblait presque phosphorescent dans la pénombre et les flaques de lune… Il y avait un chemin forestier. Il y avait des sentiers. Il y avait P'pa — nuit ou jour quelle importance ?

Le pays des étangs se trouvait de l'autre côté de la montagne, qui pouvait bien sûr paraître infranchissable — grosse et haute masse noire encastrée dans d'autres hautes et grosses masses noires pour former un mur droit s'élevant au bon tiers de la hauteur du ciel —, mais qui ne l'était pas, sous l'épaule de laquelle on pouvait se faufiler relativement facilement, par un col naturel qu'empruntaient des chemins anciens qui avaient résisté jusqu'à aujourd'hui à la tentation honorifique de la cartographie. On marchait, on grimpait. À un moment on se retrouvait sur un plateau aux arbres rares, une espèce de grande clairière. On continuait de marcher, mais on ne grimpait plus, ou moins raide, et après quoi ça redescendait de l'autre côté et c'était le premier étang et les suivants ensuite, les uns après les autres : le pays des étangs. Et voilà.

Le pays des étangs d'où l'Onc' Elian avait dit que venait ce héron dont l'ombre *immense* était passée sur Cinq-Six-Mouches.

Cinq-Six-Mouches avait décidé qu'il trouverait le nid du héron, ce qu'ils étaient tous apparemment incapables de faire dans la région, d'après Elian, et depuis un fameux nombre d'années, à moins qu'en vérité ils ne s'en fussent souciés autant que de leur première chemise, tous autant qu'ils étaient, tout juste bons à lever le nez et à s'exclamer quand le héron passait.

Mais lui trouverait le nid.

Il le trouverait au bord d'un des étangs du pays des étangs, comme on découvre, dans les livres, les mines du roi Salomon ou la vallée des dinosaures, et il en reviendrait couvert de gloire pour avoir réussi ce que plus personne n'était capable d'accomplir. Sûr que l'événement procurerait de l'occupation à Nono-du-journal, qui du coup reviendrait à la maison une fois encore avant le 15 août, et cette fois-ci pas pour Elian, et la photo qu'il ferait et qui paraîtrait dans les pages du quotidien vaudrait bien celles de la course de vélos humoristique. Oui.

(Car c'est ainsi qu'on lit dans les livres, aussi, comment les découvreurs de la vallée des dinosaures dont on devine le potentiel héroïque alors qu'ils se contentent de se montrer obsédés — voire obstinés — par le but de leur histoire tout au long de celle-ci et se débrouillent pour que la première conséquence de l'événement soit que la jeune fille — l'héroïne — s'aperçoive enfin à quel point ils sont valeureux, à quel point ils sont admirables, à quel point leur amour ne connaît donc plus d'obstacle, avec la bénédiction des dinosaures redécouverts au fond de leur vallée perdue dont on ramènera des films et des photographies mais surtout pas la carte signalant son emplacement au cœur de l'Afrique équatoriale afin qu'ils continuent eux aussi, les dinosaures, à vivre heureux et improbables et à avoir beaucoup d'enfants à l'abri des autres chercheurs de vallées des dinosaures, jusqu'à la fin des temps.)

Parce que Cinq-Six-Mouches croyait fermement — était convaincu — qu'une jeune fille pouvait être estomaquée par un exploit purement héroïque tel que découvrir une vallée des dinosaures ou un nid de hérons que personne n'avait jamais vu et dont tout le monde, globalement, se foutait. Sans doute ne connaissait-il davantage de *la* jeune fille que ce qu'il avait eu l'occasion d'appréhender à travers l'exemple comportemental d'Evie, de qui on commençait précisément à dire assez souvent qu'elle était *en train de devenir une vraie jeune fille,* ce qui signifiait donc surtout qu'elle n'en était pas encore une tout à fait, pas plus qu'Evie n'était, d'ailleurs, l'exemple référentiel de n'importe quoi — parce que Evie mise à part et tout en cours d'évolution qu'elle fût, donc, il ne savait des jeunes filles que ce qu'il en rêvait, donc n'en savait rien, ou bien faussement, trop et trop peu, d'un rêve à l'autre au bord de ses dix ans.

Il quitta la maison aux alentours de deux heures du matin, moment qu'il avait estimé le plus propice.

Il descendit précautionneusement l'échelle, posa le pied sur le sol du garage : c'était déjà un peu comme si des écailles de sa nouvelle mue d'explorateur lui avaient poussé, au moins jusqu'aux chevilles. Il ne respirait plus tout à fait de la même façon : l'air de l'Aventure vous affriande la narine et ne s'inhale pas vulgairement. Il adressa un signe d'adieu à Titi, devant sa niche, qui le regarda s'éloigner en silence ; quand il atteignit le haut du jardin, sa nouvelle peau d'explorateur le revêtait jusqu'à la taille ; une fois franchie la haie de broussailles sur la levée de pierres sèches — prenant garde à ce vieux serpent rouillé de fil de fer barbelé, vestige d'une vraie et belle clôture du temps où des vaches paissaient encore l'herbe drue des pacages —, il était jusqu'aux oreilles le futur héros dont personne, au grand jamais, n'eût soupçonné les réelles capacités…

Personne.

Personne, *elle* moins que personne.

Elle, comme tout le monde, mais tout le monde il s'en moquait, *elle* surtout, *elle* d'abord, qui serait obligée de se rendre à l'évidence.

Elian pouvait bien raconter ce qu'il voulait à propos d'*elle* et d'Anjo. Et Anjo pouvait bien faire ce qu'il voulait, c'est-à-dire devenir fou à sa façon, d'une manière ou d'une autre — est-ce qu'une jeune fille comme *elle* s'intéresse à un fou ? —, il n'irait jamais jusqu'à découvrir un nid de hérons pour *elle*, qu'il devienne aussi fou qu'il le voulait, cela ne serait jamais suffisant pour aller jusqu'au pays des étangs dénicher un héron. Il est certain qu'Anjo n'imaginait pas une seule seconde une fille comme *elle* en train de s'intéresser à un héron…

« Ha ha », se disait Cinq-Six-Mouches. Ha ha. Et cela lui donnait tout à coup envie de courir, plus vite encore, et il hâtait le pas à travers prés au-dessus de la maison du vieux Tolet. Anjo avait beau être un rival redoutable (ce qui d'un certain point de vue ne se discutait pas), il y avait cependant des choses dont il était loin de se douter. Comme par exemple qu'elle pût s'intéresser à un malheureux héron. Eh bien si. Et Cinq-Six-Mouches le savait. Et de le savoir, alors qu'Anjo se révélait tout juste bon à devenir fou à sa manière, lui donnait envie d'aller toujours plus vite à travers prés, sous les étoiles, en direction, là-bas, des hautes et rondes barres sombres de la montagne et du ballon de Servance, tandis que ses chaussettes étaient déjà redescendues sur ses mollets, avec son blouson bien fermé jusqu'au cou, son sac à dos bien rempli d'à peu près tout ce dont un explorateur a besoin pour, somme toute, un assez court périple.

Il se laissa aller à courir pour descendre le pré, ce qui était plus facile que de ne pas courir, en raison de la forte inclinaison de la pente. Il s'arrêta quand les premières morsures de l'effort pincèrent l'arrière de ses cuisses filiformes. À un peu plus d'un kilomètre, la maison avait disparu derrière le pan coupé de la colline — autant dire qu'elle n'existait plus.

Cinq-Six-Mouches avait maintenant atteint le bas du pré de ce côté-ci de la vallée des Charbonniers, à l'entrée du val confluent de la Goutte-Cerise. Il était passé bien « au-dessus » de la colonie de vacances, à flanc de montagne, et, systématiquement, bien au-dessus de toutes les maisons qui se succédaient entre celle de Tatirène et Elian, et la ferme de Riquiqui au revers de laquelle il se trouvait présentement, à une trentaine de mètres, reprenant souffle en observant les deux fenêtres éclairées. Il était en train de comprendre que la partie la plus périlleuse de son trajet ne serait pas fatalement celle qui le verrait s'enfoncer dans la Jungle, mais bien celle, au contraire, qui n'avait pas encore complètement abandonné la Civilisation…

Il poussa sur le bouton de sa lampe de poche une fraction de seconde, pour éclairer sa montre : deux heures et demie. À deux heures et demie, un enfant et son sac à dos rôdant près des maisons risquait tout simplement de ne pas aller bien loin si on lui mettait la main dessus. Également s'il était surpris sur la route. Jusqu'à ce que le jour se lève (et par prudence jusqu'à ce qu'il soit franchement debout), les gens seraient sa difficulté la plus redoutable…

Cela posé, il valait mieux — même de jour — ne pas lambiner aux abords de la ferme de Riquiqui quand on n'avait rien à y faire ; de la lumière aux fenêtres à cette heure signifiait que Riquiqui ne dormait pas et s'il ne dormait pas c'est qu'il était donc saoul comme une vache, ses vaches, quant à elles, dormant dans le parc en contrebas, le long et en dessous du sentier, sobres comme des vaches.

Panachant courage et prudence, Cinq-Six-Mouches décida de couper court et de traverser le parc sous le mufle des bêtes pour rejoindre la route. L'herbe tondue à ras, piétinée, avait une teinte délavée sur laquelle les bouses fraîches contrastaient comme des taupinières et entre lesquelles le gamin louvoya sans dommage, ne marchant que sur les pratiquement sèches… Des vaches étaient couchées, d'autres dormaient debout ; quelques-unes tournèrent la tête pour regarder passer ce bonhomme pressé qui traversait leur domaine en serrant un peu les fesses, filant et slalomant entre les galettes des bouses, raide comme la justice et accompagné d'un léger cliquetis en provenance du quart métallique qu'il avait cru malin d'attacher à une boucle de poche extérieure du sac et qui rebondissait à chaque pas et n'allait pas tarder à attirer l'attention de quelque chose ou quelqu'un, pour finir. Et ce que ne pouvaient évidemment pas deviner ni même concevoir les deux ou trois ruminantes placides à la somnolence perturbée par le tintinnabulement, regardant passer ce léger fantôme en rase-mottes qui tricotait si vivement des flûtiaux, ce que personne n'eût pu deviner, c'était que le gamin se répétait en rafales : « C'est pour elle que je fais ça ! C'est pour elle que je fais ça ! C'est pour elle… »

Pour elle, il franchit la clôture sans problème ni accroc, et pour elle descendit le talus jusqu'à la route, la suivit en maudissant la clarté de la nuit et en ayant l'impression que le bruit de ses pas sur les graviers du bas-côté, puis les cliquètements d'un tas de choses dans son sac quand il marcha dans l'herbe du fossé, puis les froissements d'un autre tas de choses sur lui, l'impression que tout cela s'entendait à des kilomètres… Pour elle il s'aplatit dans le fossé quand il entendit la voiture et se laissa tomber une seconde fois, deux minutes plus tard, quand ce furent deux voitures qui se suivaient, et plus tard encore quand ce fut une moto ; pour elle, pour elle, pour elle ; pour elle, il oublia totalement d'avoir la trouille et se retrouva en train de traverser la route et de s'engager sur le chemin de l'envers de la vallée qui n'était ni plus court ni plus long que la route mais simplement parallèle et moins fréquenté, et là il s'avisa dans une brève mais brutale flambée de ce qu'il prit pour de la lucidité qu'il y avait déjà dans ce qu'il venait d'accomplir non seulement de quoi être fier mais aussi d'avoir eu mille fois une pétoche bleue, mais pour elle il balaya les effets funestes de cette prise de conscience avant qu'ils s'installent et le rongent, et, serrant les dents, il hâta le pas. Au bout d'un moment, il s'essouffla et ralentit.

Il s'était fixé comme étape le chalet des chasseurs sur le flanc du ballon de Servance, à l'aplomb de la vallée de Presles, sans avoir la moindre idée de la distance exacte qui l'en séparait. Il se doutait que ce n'était pas la porte d'à côté, se remémorant ces promenades sur les lieux avec la classe de M. Baldier, randonnées dont le retour était toujours plus lourd aux jambes que l'aller, surtout après qu'ils eurent fait là-haut des parties effrénées de gendarmes et voleurs que M. Baldier appelait de l'éducation physique en plein air — aussi Cinq-Six-Mouches préféra-t-il ne pas trop se souvenir, pour ne pas entamer son entrain, tout juste se souvint-il un instant pour le plaisir des parties d'éducation physique. Il lui fallut un certain temps pour trouver son rythme, mais, une fois acquis, il le maintint.

Le chemin de l'envers passait devant des maisons que moins de quatre mètres séparaient quand elles étaient groupées, guère plus de cent quand elles étaient « isolées ». À la hauteur des habitations, Cinq-Six-Mouches avait automatiquement et instinctivement tendance à pousser l'allure, pour un ou deux pas au moins. Dans la nuit, les maisons lui semblaient différentes, ou comme si elles avaient fait partie d'un autre village. Elles possédaient pratiquement toutes des murs très blancs sans une ride ni une tache de vieillesse, des pignons habillés de bardages en frises de pin vernies, des volets sombres à deux battants à l'ancienne ; les hangars ou garages indépendants n'avaient rien de ces bicoques croulantes qui font d'habitude l'affaire et que soutiennent occasionnellement d'un bord ou de l'autre des tas de bois secourables : ici, c'étaient de vrais petits chalets, répliques à peine moins vastes des demeures principales. Comme si elles avaient été construites dans les minutes précédentes, à peine extraites du coffrage de leur ombre, et Cinq-Six-Mouches se disait qu'une main gigantesque allait descendre des étoiles pour les replier et les ranger sitôt après son passage, et même une fois il se retourna pour vérifier, mais non, les maisons étaient bel et bien là, encore… De loin en loin, à l'intérieur de l'une d'elles, ou dans un des hangars, un chien derrière une porte se mettait à aboyer à l'instant où passait l'enfant à la démarche hâtive et au sac à dos cliquetant…

Il avait longtemps hésité avant de se décider à écrire le billet.

L'idéal eût été bien sûr de disparaître sans laisser de trace ; la perfection préconisait une sorte d'évaporation. Sauf que la perfection c'était une autre paire de manches, et dans ce cas elle eût également requis le changement de la pile à demi fichue de sa lampe de poche. On imaginait sans peine et sans avoir à attendre longtemps l'irruption de la gendarmerie au beau milieu de son évaporation idéale.

Aussi écrivit-il le billet, ne fût-ce que pour reculer l'échéance prévisible orchestrée par la flicaille.

Il hésita surtout sur la formulation. Il importait qu'Elian, dès après la lecture, ne courût pas se pendre à la corde de quelque tocsin. Par la force des choses, il fallait donc rassurer. En tout cas ne pas inquiéter. Pas trop. Pas tout de suite.

Cinq-Six-Mouches eût pourtant bien aimé inquiéter l'Onc' Elian. Pour lui faire les pieds. Lui faire payer sa façon d'être, quelquefois, ses manières, pour lui apprendre à ne plus se mêler de tout en rigolant dans sa moustache. L'Onc' Elian ne croyait pratiquement à rien sinon à ce qui l'arrangeait. L'Onc' Elian était capable d'un certain nombre de choses qui parfois séchaient

Cinq-Six-Mouches sur pied et l'assommaient d'une véritable stupeur et le laissaient pantois de longues heures plus tard à tenter de recouvrer ses esprits. Par exemple…

Par exemple, il pouvait provoquer la dégringolade de deux toises de bois sur deux garçons qui jouaient dans *son* ruisseau, même pas *son* ruisseau, simplement *un* ruisseau dans lequel il avait camouflé *son* vivier rempli des truites qu'Anjo et lui pêchaient à la main à longueur de nuit (quand ils n'avaient rien de mieux à faire de mille fois plus mystérieux que Cinq-Six-Mouches ne voulait même pas connaître) !

L'Onc' Elian pouvait faire ça.

Comme il pouvait tout aussi bien se mettre dans l'idée qu'Anjo était en train de devenir marteau à cause d'une jeune touriste qui ne le regardait même pas, et cela après avoir pratiquement poussé Anjo à faire de l'œil à la belle sous prétexte que ça lui remonterait le moral. Cinq-Six-Mouches l'avait entendu — de ses oreilles entendu ! — suggérer la chose comme s'il lançait une blague ; oui, il l'avait très bien entendu ce soir-là, après qu'ils eurent précisément dressé les deux toises de bois au bord du ravin, comme si c'était seulement pensable qu'il se soit décidé tout à coup et précisément ce soir-là à faire venir le scieur et sa machine le lendemain… Puis il se révélait parfaitement capable en fin de compte d'accuser cette pauvre fille de tous les maux, toutes les turpitudes, sans ciller, sans sourire, il ne se gênait aucunement pour la rendre responsable de tout.

Qui sait s'il n'y avait pas un peu beaucoup de la faute d'Onc' Elian dans la décision prise par le gamin. Comme l'irrépressible et viscéral besoin de racheter par sa propre action l'attitude du vieux bonhomme…

Et Cinq-Six-Mouches ne supportait tout simplement pas que Mylène Violet — sans doute la plus belle fille au monde en dépit de ce nom curieux, la plus belle qu'il eût jamais rencontrée en tout cas — pût manger les œufs de ferme qu'il avait pondus (« pondus de ses mains », comme disait Onc' Elian, en vérité des œufs bravement achetés à Inter Marché et repeints au thé léger et sur lesquels il collait à la pointe d'un cure-dents et à la Super Glu des petits bouts de paille pour faire plus authentiquement rustique…) et les trouver bons et différents et meilleurs que les autres. Il ne supportait tout simplement pas qu'elle fût abusée, *elle*, par cette mystification à usage touristique que l'Onc' Elian et lui avaient mis sur pied chaque été, dès que les premiers vacanciers locataires de juillet emménageaient dans le meublé…

Anjo, lui, n'avait pas ces scrupules. Anjo se contentait de devenir tout doucement cinglé, dans ce qu'Elian disait craindre de le voir *retomber*. Il n'avait plus rien à redouter, il n'avait plus qu'à être sûr et certain : c'était en train de se produire : il suffisait de voir Anjo passer son temps à errer ici et là autour de la maison et du meublé de derrière, pour comprendre. Anjo ne travaillait plus, prétextant un de ses « mal au dos » passe-partout… sauf quand il se mettait à lancer des rondins de bois, depuis le fond du ravin vers le haut du talus, pour reconstituer les tas dégringolés, comme s'il s'entraînait pour une compétition olympique, et sauf qu'il n'en aurait probablement pas lancé la moitié de cette façon-là si *certaine personne* ne l'avait regardé faire avec une vraie lueur admirative dans ses fantastiques yeux mauves depuis le banc dans la cour où elle était assise.

Voilà. Tout ce que faisait Anjo, c'était se préparer à devenir activement et clairement marteau, il y consacrait son temps d'un air triste et déboussolé, même qu'il avait maigri et semblait avoir exclusivement gardé un peu de ses muscles d'antan pour son entraînement aux olympiades du lancer de toise de hêtre… Il avait des poches sous les yeux et les yeux bien plus mal-en-point que lorsqu'ils n'étaient qu'injectés et jaunâtres après une de ses javas haut de gamme déployée sur toute la fin de semaine. Il était gris, délébile, égrotant, creux sous la peau.

À cause d'elle ?

C'était bien affligeant.

Lui avait-il seulement parlé ? Ce qui s'appelle parler. Lui avait-il seulement adressé la parole pour une *bonne* raison — et non pas ces choses à rire dont lui et ses amis bombardaient les filles quand ils voulaient être joyeux (Cinq-Six-Mouches jugeait cela d'une imbécillité totale et se demandait comment les filles parvenaient simultanément à feindre de partager cet avis et à rester là alors que rien ne les empêchait de filer aussi vite et loin qu'elles l'eussent voulu ; il était bien certain que s'il avait lui-même proféré la moitié de ces âneries, ces belles gourdes ne lui auraient même pas donné une baffe, comme Evie, elle, qui n'hésitait jamais à tenter de lui en donner deux pour bien montrer qu'elle saisissait les subtilités abstruses de ces abominations, mais venant d'Anjo voilà que l'inepte se transformait en festival de purs atticismes). Avaient-ils seulement conversé, elle et lui, à un autre moment que celui de leur rencontre, le premier jour, plus exactement le premier soir de l'arrivée de la famille Violet ?

Alors que lui, oui.

Alors que Cinq-Six-Mouches, parfaitement — oui Monsieur. Il lui avait parlé. Ils avaient parlé. Et si quelqu'un pouvait témoigner que cette fille superbe était capable de s'intéresser aux hérons, c'était bien lui.

Il fut à un moment forcé de quitter la route de l'envers pour la bonne raison qu'il n'y avait plus de route de l'envers. Le plus court chemin — le seul, en fait — passait par le cœur du village que les lampes de rue éclairaient, avec la route, la place, comme une fête désertée. Cinq-Six-Mouches allait de son pas décidé, égal, uniforme, et semblait n'avoir plus vraiment à s'occuper de ses jambes, tout juste devait-il se maintenir en équilibre dessus et prendre garde de n'en point tomber. L'illumination pas plus que la vacuité de l'endroit ne l'impressionnèrent.

Des myriades d'insectes volaient autour des lampes, chassées par une escouade de chauves-souris. La cabine téléphonique éclairée de la place, près du bâtiment de la poste, isolée, avec un mouchoir oublié sur la tablette, lui laissa pour le rapide coup d'œil qu'il y jeta une impression fautive, comme s'il avait, par une fenêtre au volet non rabattu, lorgné à l'intérieur d'un endroit habité.

Un coup sonné au clocher, comme il passait juste devant l'église, lui fit cracher un battement de cœur et un cri incontrôlé, le fit trébucher, le fit courir en une réaction instinctive sur quelques mètres (comme il avait démarré cette fois où les guêpes jaillissant du nid sur lequel il avait marché s'étaient engouffrées dans son short !) et il ne prêta aucune attention aux coups suivants égrenés dans le puissant silence…

Il traversa le pont sur l'Agne, cent mètres plus bas, prit la route nationale qui devenait la rue principale du village. Le gargouillis de la rivière montait suffisamment haut pour emporter les mots que Cinq-Six-Mouches jeta par-dessus la rambarde du pont : « C'est pour elle que je le fais ! », osant même prononcer sous le couvert du friselis : « C'est pour *toi* ! »

Et vite courut trois pas encore, trois ou quatre, pour esquiver la brûlure que le mot d'amour venait de graver juste au-dessus de lui dans la nuit. Il ne respira plus durant trois ou quatre autres pas qu'il aligna sans tout à fait courir, la tête rentrée dans les épaules comme si le mot, le mot d'amour osé presque à grand cri, tout égrisé qu'il fût par les étoiles, le désignait à l'embarquement pour un monde dont le centre n'était donc plus occupé exclusivement par les hérons… Pour l'heure, bon Dieu, l'amour, pour Cinq-Six-Mouches, passait par les hérons avant de s'adapter à la banalité des mots et ces derniers l'avaient pris par surprise, cueilli à chaud par mégarde, il n'avait pas sa tête à lui, encore choqué par le coup de canon de la cloche.

À l'avenir il ferait attention aux mots.

Ceux qu'il avait échangés avec elle, avec Mylène, n'eussent probablement pas rempli une petite boîte pas plus longue et large et épaisse que ça, en supposant qu'une petite boîte de cette taille eût pu contenir un quart d'heure. Et les mots prononcés par Mylène du bord de ses lèvres rouges, désenvasés de la conversation, n'eussent pas rempli le dixième d'une même petite boîte. Et pourtant Cinq-Six-Mouches ne se les rappelait pas vraiment. Mais le son de sa voix, oui. Le son de sa voix s'adressant à lui. Mais son visage, oui, qu'il n'avait jamais vu, avant, de si près. La blancheur neigeuse de son teint, oui. La ligne dure de son épaisse et lourde frange bombée qui lui cachait les deux tiers du front, oui ; le tracé volontaire du visage aux pommettes hautes, marquées, au menton plein, oui ; les yeux maquillés de sombre et leur iris d'un bleu jamais vu, presque lilas, oui, le dessin appuyé des sourcils, oui ! la bouche aux lèvres larges certainement trop gourmandes, excessives, trop criardes ou trop muettes, oui… et puis comme une maigreur affinant un peu trop le cou et dévoilant sous la peau les longs muscles, les tendons révélés au moindre mouvement, oui. Et ses énormes boucles d'oreilles métalliques, de vrais cerceaux ! pinçant le lobe. Et ses ongles rouges. Et cette manière qu'elle avait de regarder fréquemment sa main aux doigts écartés en éventail, sauf les deux qui pinçaient la cigarette, comme si elle vérifiait un détail, quelque chose, allez savoir quoi (certainement pas la présence de toutes ses bagues parce qu'on devinait qu'elle se fichait de ses bagues qu'elle prenait pourtant le temps machinal d'enfiler chaque matin à moins qu'elle s'en fichât au point de ne pas les retirer le soir).

Oui.

Et alors il lui avait dit que non, il n'était pas allé à l'enterrement.

C'était cet après-midi-là, de vendredi dernier. Seulement vendredi dernier, bien qu'il eût l'impression que des mois s'étaient écoulés. Seulement vendredi dernier. Il lui avait dit que Tatirène et Elian chez qui il était en vacances comme chaque été (lui aussi) n'étaient pas comme ses parents, à l'obliger à faire des choses qu'il n'appréciait pas vraiment, et l'enterrement, merci bien. Elle avait dit que oui, elle était d'accord, adossée au mur, une jambe repliée, un pied contre la pierre, et regardant ses doigts qui tenaient la cigarette. Elle était tout à fait d'accord. Les enterrements merci bien. Il lui avait parlé un peu du fils Ajont écrabouillé sur sa moto contre le camping-car des Hollandais, mais comme il ne connaissait ni l'un (sinon de vue) ni les autres, ce n'est pas ce sujet qui fit grand bout de chemin…

Il se tenait près du tonneau jaune sur lequel s'asseyait volontiers l'Onc' Elian pour se rouler et fumer une cigarette, après le repas, quand il faisait beau. Il avait pour mission de guetter l'irruption des zozos dans le ruisseau, puisque cela se passait le vendredi, donc la veille du jour où il leur arriva ce qui leur arriva avec les tas de rondins qui leur dévalèrent dessus depuis le haut du talus. Elle passait par là, on la voyait rarement dehors, depuis son arrivée. Même par cette chaleur, elle portait un gros pull dix fois trop vaste, comme c'était sans doute la mode à Paris ou Dieu sait où, partout ailleurs, avec une encolure en V qui lui plongeait jusqu'au nombril, heureusement qu'elle avait une sorte de tee-shirt dessous. Elle l'avait remarqué en train d'observer le bas du ravin et elle s'était approchée pour voir elle aussi ce qu'il y avait d'intéressant par là — pour le moment rien — avant de se retirer dans l'ombre et de s'adosser au mur de la maison. Voilà. Elle fumait de longues cigarettes interminables tout en inspectant ses doigts écartés en éventail avec du rouge aux ongles et une bonne trentaine de bagues... Il lui avait donc raconté les zozos, pour commencer, les deux garçons, des touristes eux aussi qui venaient jouer à faire des barrages de pierres dans le ruisseau, comme s'il n'y avait pas d'autres endroits ni d'autres ruisseaux, et menaçaient la tranquillité des truites de l'Onc' Elian et Anjo dans le vivier caché...

Ensuite le héron.

Et elle avait écouté beaucoup plus attentivement le héron que les zozos. Son sourire n'avait rien de moqueur.

Un sourire rouge parfaitement inoubliable.

Il avait répété ce que l'Onc' Elian lui avait dit à propos des échassiers, et s'il enjoliva quelque peu il le fit pour le bien des grands oiseaux, disant leur rareté dans la région depuis plusieurs années et cette chance à peu près extraordinaire qu'on avait d'en apercevoir en vol (il affirma tranquillement avoir vu l'oiseau très nettement, pas seulement son ombre au sol, de ses yeux vu, en chair et en os et en plumes, il le décrivit en piochant fort à propos dans le souvenir qu'il gardait des cigognes de l'écomusée en Alsace), et l'exploit quasi miraculeux que représentait la découverte d'un nid, qui pouvait être situé à des kilomètres. Elle écoutait. Elle avait dit :

— Quel besoin on a d'aller mettre le nez dans leurs affaires ?

Avec comme une sorte d'hostilité en affût, prête à crever, qui le fit frémir d'appréhension et le remplit de satisfaction, à la fois craignant qu'elle le prît pour un sale gosse dénicheur et découvrant en elle une alliée. Bien entendu, dit-il, bien entendu ce n'était pas pour mettre le nez dans leurs affaires mais pour les protéger, au contraire. Pour repérer le nid, le signaler et faire en sorte que de gros cons de chasseurs ne viennent pas les tuer — le héron, la héronne et les héronneaux. Elle l'écouta (patiemment ?) et dit : « Ah ouais ? »

Après quoi, il lui avait raconté l'histoire des chats noirs emmurés vivants dans les maisons de torchis, pour conjurer le mauvais sort ou protéger du malheur, mais ça ne parut pas éveiller en elle un grand intérêt. Tout ce qu'elle trouva en réponse fut de laisser tomber son mégot de cigarette dans le gravier, avec une grimace écœurée, et l'écraser sous la pointe de sa chaussure plate, puis elle mit les mains dans ses poches, sous les plis retombants de son trop vaste pull, et lui adressant à retardement un regard mauvais, elle dit : « Des chats noirs dans les murs ? » en ayant l'air de penser qu'il était tout bonnement en train de lui raconter des conneries, ce qui fait qu'il se lança derechef dans l'explication de la chose telle que l'avait récitée la guide de l'écomusée en costume d'Alsacienne. Car s'il avait horreur d'une chose, c'était bien qu'on le prenne pour un menteur.

« Beurk ! » fit-elle quand il eut terminé, le regardant non plus comme s'il disait des mensonges mais comme s'il était à l'origine, totalement responsable, de cette coutume barbare et idiote. S'il avait une chose en horreur c'était bien qu'on le prenne pour ce qu'il n'était pas. Il affirma, grimaçant lui aussi, qu'il trouvait la pratique dégueulasse. Elle sortit son paquet de cigarettes et approuva : « Je te crois, que c'est dégueu ! », dans le sens de « un peu, mon neveu ! » qui était une des expressions favorites d'Anjo avant qu'il sombre dans la déliquescence, au temps où il avait encore des expressions. Puis elle dit :

— Tiens, voilà tes copains !

Ils arrivaient, suivant le ruisseau, et quelques instants plus tard commençaient à jeter des pierres pour reconstruire le barrage qu'Elian une fois de plus avait détruit le soir précédent.

À cet endroit du barrage de pierres, précisément, il l'avait revue, après que les tas de bois se furent écroulés. Elle se tenait sur la berge du ruisseau, fumait une de ses éternelles et longues cigarettes, portait son pull sur les épaules, manches nouées sur la poitrine. Ses boucles d'oreilles accrochaient le soleil.

Il avait cherché des mots et ne les avait pas trouvés — à moins que l'expression de son visage tendu l'eût convaincu qu'il valait mieux ne pas les prononcer. Par bonheur, elle lui avait lancé à travers la fumée de sa cigarette un coup d'œil rapide doublé d'une mimique qu'il avait aussitôt traduit en sourire, lequel avait produit son effet de potion magique et décuplé l'énergie qu'il mit à faire valser les bouts de bois. Il l'observait du coin de l'œil. Parfois, accroupie, elle s'abîmait dans la contemplation fascinée de l'eau courante. Parfois, debout, la main tenant la cigarette éloignée de son corps déhanché, elle scrutait en direction d'Anjo et de son père, M. Violet, embringué dans l'histoire et balançant vaillamment quoique bien maladroitement le bois, et son regard véhiculait une méchanceté froide, posée, qui d'abord lui fit presque peur et qu'il crut réservée exclusivement à M. Violet un peu ridicule dans cet exercice, mais c'était un regard qui ne changeait en rien quand elle le posait sur Anjo, et il s'aperçut d'ailleurs qu'elle ne regardait pas spécialement Anjo. Bon Dieu quelle méchanceté dans ce regard ! Il en frissonnait encore. Il se disait qu'une pareille œillade à lui destinée eût instantanément gelé le sang dans ses veines. Oui, mais à lui elle avait adressé cette grimace complice en forme de sourire, derrière la fumée de sa cigarette…

Il passa devant la maison — étrangement la voyant presque comme une maison « étrangère » et non pas « chez lui » — et traversa la route. Les deux masses des garages Voke qui encadraient la petite construction, une dizaine de mètres en retrait, semblaient contenir à elles seules la moitié du silence de la nuit, l'autre moitié émanant de la maison familiale.

Dans la maison, Evie dormait, et P'pa, et M'man. Ils dormaient tous. Cinq-Six-Mouches ressentit une curieuse impression, qu'il eût été bien en peine de définir et qui se manifesta principalement par un long frisson sans fin. Une sorte de sensation de puissance montée de ce qu'il était en train d'entreprendre, émanant de sa présence éveillée, ici, à même pas dix mètres d'eux qui dormaient et ne soupçonnaient rien. Le frisson dura. La maison retenait sa respiration, elle le regardait passer ; la peinture de ses volets blancs et bruns évoquait des paupières au tiers entrouvertes.

Qui sait : si la maison ne l'avait pas regardé passer avec cet air narquois, peut-être Cinq-Six-Mouches se serait-il laissé aller à y faire une pause. Une halte jusqu'à la pointe du jour, par exemple, afin de dormir un brin et reposer ses jambes maigrichonnes dans lesquelles coulait le plomb du huitième kilomètre depuis le départ de chez l'Onc' Elian... Mais il n'avait pas entrepris cette équipée pour l'agrément.

Traversant la route, il s'arrêta devant la porte, sous le nez de la modeste construction. Il s'assit sur la marche du petit escalier et fit tomber le sac à dos de ses épaules. Croqua quelques morceaux de sucre, but deux gorgées de sirop au goulot de sa gourde qu'il replaça dans le sac avec le quart de métal. Il vérifia, comme si c'était utile, que rien de ce qu'il avait enfourné dans son bagage ne manquait — et principalement bien sûr l'Instamatic au boîtier de plastique rouge et noir, ce vieil appareil d'Evie, devenu le sien quand le parrain de paille d'Evie en avait offert un nouveau à la gamine pour sa communion solennelle. Il ne concevait pas de se rendre « en pension estivale » chez l'Onc' Elian sans emporter l'appareil, au cas où quelque chose d'important et d'inhabituel, durant son séjour, mériterait d'être immortalisé sur pellicule, ce qui n'était certainement pas une hypothèse gratuite quand on gravitait dans l'orbite d'Elian Toussaint et d'Anjo… Il sortit l'Instamatic de la poche extérieure gauche du sac, le tourna et le retourna un certain nombre de fois dans ses mains avant de le ranger dans la poche extérieure droite où il estima sans doute qu'il serait plus à sa place.

Cinq minutes plus tard, il était de nouveau debout, repassait les bretelles du sac à dos sur ses épaules et se remit en marche après avoir remonté ses chaussettes. La maison ne souriait plus.

Un bon quart d'heure s'écoula, sinon davantage, avant que fonde le plomb des sacrés huit kilomètres coulés dans ses jambes et dont cette petite halte de rien du tout avait insidieusement doublé le poids.

La nuit, la nuit véritable s'abattit sur Cinq-Six-Mouches quand il entra dans la forêt. Avec d'autant plus de violence et de pesanteur que les jambes en baguettes de tambour du gamin étaient bien flageolantes, ses épaules sciées par les bretelles du sac à dos bien étroites et plongeantes — la nuit se referma sur Cinq-Six-Mouches, irrémédiable, avec une inéluctabilité d'autant plus écrasante qu'il était en un mot Cinq-Six-Mouches.

Il avait remonté un tiers de la vallée de Presles, traversé sa partie habitée ; il avait longé l'étang sur le bord duquel s'égrenaient des clapotis non identifiables, dans les roseaux et les joncs, il avait accéléré le pas sans chercher, surtout pas, à tendre l'oreille ; il était passé, filant, dos tendu, près des maisons devant lesquelles enrageaient soudain des chiens à l'attache ; il avait quitté la route asphaltée pour, à la patte-d'oie, prendre à droite le chemin de terre blême et poudreuse qui longeait en l'enserrant dans son arc le second étang de la vallée, pratiquement à sec celui-là, transformé en quelques flaques éparses, débordant par contre de l'odeur de la vase et du poisson mort. Il avait, depuis la pause sur l'escalier de la maison de ses parents, parcouru trois kilomètres supplémentaires.

Il se disait que tout se passait bien. Le mieux du monde.

Le chemin qui montait au-dessus de l'étang réverbérait une lumière stellaire exsangue. Chaque pas foulant la terre pulvérulente provoquait comme un doux relent des chaleurs diurnes avalées. Il aurait facilement (presque), dans ces conditions quiètes, traversé la moitié de la planète…

En l'occurrence, la moitié du monde dura quatre cents mètres, environ. La lumière de lune sur la terre du chemin fondit, le sol se fit dur et n'exhala plus le moindre souffle tiède.

Il se trouvait *dans* la forêt.

Autant c'était agréable et joli en plein soleil, en plein midi, autant ça pouvait se révéler opaque et informe et profond et indicible d'oppressantes noirceurs dans une nuit d'après-minuit.

Pratiquement par inadvertance, Cinq-Six-Mouches le voyageur se retrouva englué dans les ténèbres. Le piège avait admirablement fonctionné. Et il s'était avancé bien trop loin pour que désormais retourner sur ses pas fît la moindre différence avec poursuivre de l'avant.

Il s'immobilisa.

Tout ce que les trois pommes en hauteur de son être étaient capables de perceptibilité s'exacerba, en quelque sorte irradia dans tous les azimuts. À l'affût. Aux aguets… Circonspection sans grande sagesse au demeurant, car rien ne saurait être plus riche en chuchotis douteux et terribles qu'une forêt dès le soleil couché…

Le gamin perçut bien sûr les cent mille craquements de branchettes et brindilles sous autant de pattes monstrueusement griffues. Des hardes le cernaient, ricanantes, qui avaient toujours su qu'il finirait par se retrouver là à leur merci, des respirations rauques montaient alentour… où qu'il portât son regard, à gauche, à droite, devant ou derrière, une identique muraille bruissante, impénétrable à l'œil, se dressait, l'enveloppait comme une formidable cage aux pans mous et flottants. À peine si le chemin pierreux crevé d'ornières, de caries, d'anciennes rigoles arides, se devinait sur quelques mètres. Le plus léger souffle d'air agitait les feuillages… Levant les yeux, il ne remarqua aucune rupture de tons dans la voûte. Aux parfums qui sourdaient des mousses et montaient de ces humeurs mystérieuses coulant sous les fougères et le tapis des ronces se mêlaient des odeurs planantes descendues des écorces et des branches des épicéas.

Tout autre que Cinq-Six-Mouches, à dix ans, eût pris ses jambes à son cou, après une impressionnante volte, pour regagner bien vite la case départ et terminer ainsi l'équipée, ou bien encore eût attendu des jours meilleurs en se desséchant sur place, pétrifié par la soudaine prise de conscience de la situation, subséquemment et vulgairement dit : la pétoche. Mais Cinq-Six-Mouches, Paul Lobe de son vrai nom, respira profondément, remonta ses chaussettes aux élastiques décidément moribonds et repartit du pied droit. Sans aller néanmoins jusqu'à chanter. Ses semelles faisant rouler les pierres et brisant les fétus produisaient assez de bruit pour couvrir le tambourinement en provenance du cœur.

Il se répétait mentalement et en rafales incessantes « Pour elle ! pour elle ! pour elle ! » et prenait bien garde à ne pas laisser s'échapper un mot, jugulant dents serrées toute chance à la mégarde. Au travers de ces bordées passionnelles, il lui fallait bien sûr repousser l'assaut de pensées empoisonnées, sournoises ou fracassantes, venues lui rappeler (notamment) la silhouette en peignoir rouge de la jeune fille debout comme sur le bord d'un rêve la première fois qu'il l'avait vue, la nuit de son arrivée, celle-là même qui, ensuite et dans un véritable rêve, lui proposait son aide pour retrouver le héron bien avant qu'il lui en eût parlé, qu'il eût même imaginé avoir un jour l'occasion de lui en parler, et dans ce rêve chavirant elle l'aidait à creuser le mur de torchis dans lequel était enfermé quelqu'un à tête de chat noir. Des pensées de cette sorte. Ou d'autres encore parfaitement tordues et abracadabrantes qui par exemple tournaient autour d'Anjo devenu si maigre qu'on s'en débarrassait en le cimentant dans un mur pour éviter de le retrouver un jour et de découvrir à l'autopsie les raisons de sa mort, c'est-à-dire une espèce de mort d'amour dont on pût la rendre, elle, coupable. Ou des pensées mauvaises mettant en scène l'Onc' Elian qui venait ensuite faire le mariole et ricaner dans sa moustache et psalmodier qu'il l'avait bien dit, qu'il l'avait vu venir, qu'il savait bien qu'elle était ce genre de fille à faire devenir un homme plus fou qu'un chien sans queue, ce genre de choses... Et puis ce regard indéniablement haineux qu'elle portait entre deux bouffées de cigarette sur son père M. Violet et sur Anjo, sans qu'il soit possible de dire lequel des deux se faisait fusiller le plus méchamment. Voilà. Ces pensées-là, mais qu'il repoussait sans leur laisser la possibilité de l'assaillir une quatrième ou cinquième fois, se répétant : « Pour elle ! pour elle ! pour elle ! », prenant garde aux mots, prenant garde à ce qu'ils ne s'échappent pas de ses lèvres pour filer dans le noir et tourner avec tous ces murmures entre les troncs, les branches, dans les feuilles et les aiguilles enténébrées.

Il savait où aller. Ce n'était pas compliqué, se répétait-il, sautant d'une litanie à l'autre.

Il *suffisait* de suivre le chemin. Il suivait donc le chemin, c'est-à-dire ce qu'il en distinguait, mais peut-être n'était-ce pas plus mal d'en distinguer si peu, plutôt que remarquer ici et là des détails dont il n'avait pas fatalement gardé souvenir et qui eussent fait vaciller sa certitude de se trouver sur la bonne voie. La marche avait pris la tournure d'une randonnée interminable.

Puis les noirceurs s'écartèrent. Les masses informes se désagrégèrent. Des épaisseurs de rideaux tombèrent. La première cause de changement était que le chemin sur le flanc de la montagne traversait des trouées dans les arbres, creusées par le vent d'abord et les bûcherons ensuite ; on apercevait de nouveau le ciel, et sans qu'il fût nécessaire de lever la tête comme pour un coup du roi. L'autre raison était que la pointe du jour s'affûtait.

Quelques instants plus tard, Cinq-Six-Mouches laissa échapper un grognement de joie soulagée quand il repéra — il ne s'était donc pas trompé de chemin ! — la silhouette trapue du chalet de chasse émergeant des fougères, à quelques mètres en retrait des ornières creusées par les roues des engins forestiers dans la vieille boue craquelée du chemin.

La petite construction se devinait à peine dans la méchante pénombre, peinte en gris sale sur le fond très sombre des arbres et bien que, lui faisant face, une vaste taille en coupe franche dans le massif s'ouvrît sur la moitié du ciel au-dessus de l'embranchement des vallées. Dans moins d'une demi-heure, sur les montagnes d'est comme des gros chats couchés le dos rond, le bout du ciel tendrait un voile pâle exactement assorti à la dentelle des crêtes noires derrière lesquelles se préparait l'aurore.

C'était peu mais suffisamment de lumière pour qu'après s'être élancé Cinq-Six-Mouches vît ce qu'il vit ; il fit encore deux ou trois pas vacillants avant d'y croire, empoigné par une peur brutale jaillie de l'incrédulité.

Il crut d'abord que c'était elle (il ne pensait qu'à elle).

N'était-ce pas logique qu'il l'associât à cette apparition, même cette *apparition-là* tellement stupéfiante, impensable, tout à fait inattendue à cet endroit vers lequel il aurait bien juré avoir marché seul au monde à travers cette nuit unique, comme il aurait parié que cet endroit se dressait en refuge à l'orée des arbres uniquement pour lui — n'était-ce pas logique de penser à elle ?

La fille n'était pas distante de beaucoup plus qu'une dizaine de mètres.

Si ce n'était pas un rêve, une hallucination, quelle importance ? Rêve ou pas… rien qu'une dizaine de mètres ! Fort heureusement pour lui, les fougères d'ici poussaient haut et dru en bordure du chemin et Cinq-Six-Mouches glissa en crabe vers le front murmurant des feuillages à longues dents.

Il l'entendit parler. Glousser. Produire d'étranges bruits. Il entendit les voix. La fille n'était pas seule — voilà qui était plus surprenant encore.

Il vit qu'elle secouait la tête — ou crut le voir, crut voir voler sa chevelure longue et sombre. Elle se tenait devant la porte du chalet de rondins, sur la petite véranda orientée de façon qu'on puisse admirer le panorama des vallées, appuyée à la rambarde. À une dizaine de mètres, guère plus. Elle faisait une tache très nettement remarquable en raison du teint laiteux de sa peau et de la surface dévoilée, et quand elle fit un pas de côté, il vit qu'elle en dévoilait beaucoup plus, c'est-à-dire tout, et il put distinguer aussi précisément que s'il s'était agi du triangle d'un slip ce qui était tout bonnement son absence. Et donc il ne s'était pas abusé, croyant, au premier stade du choc de la surprise, qu'elle était torse nu ; il avait bel et bien vu et ce n'était pas une hallucination, il n'en avait vu qu'une partie, voilà tout. Après quoi, le choc fit long feu et son effet dura un bon moment…

Il l'entendit rire encore et glousser, comme ces filles auxquelles Evie faisait en sorte de ressembler tout en disant de chacune d'elles cent fois par jour : « Mon Dieu, qu'elle est bête. » Onc' Elian appelait cette sorte de rire des « réguédesses ». La fille se tourna vers la porte du chalet, dit quelque chose sur un ton pressant et pointu, puis poursuivit son mouvement pivotant, et ce faisant montrant son dos, et elle se baissa pour ramasser ou saisir Dieu sait quoi — et ce n'était donc pas du tout un slip mais complètement son absence.

Puis il y eut un second grand corps blême sur la véranda du chalet, sorti de l'ombre de la cabane, qui s'approcha de la fille toute nue par-derrière et se colla à elle comme une sorte de bête maigre dont elle n'avait visiblement pas peur — mais elle n'était sans doute pas du genre à craindre quoi que ce fût, pour dansoter comme elle le faisait toute nue en plein air et la nuit, sur une véranda de cabane de chasseurs. L'autre continuait de se coller contre elle. Elle renversa la tête par-dessus son épaule et lui la sienne par-devant l'autre épaule, et on eût dit qu'ils n'avaient plus qu'une seule tête difforme pour deux.

Cinq-Six-Mouches ne vit pas, dans un premier temps, ce qu'elle faisait de ses mains, n'envisageait d'ailleurs même pas qu'elle pût avoir des mains et s'en servir à cette occasion, bien qu'il lui fût parfaitement impossible de ne pas remarquer à quoi l'autre grand maigre occupait les siennes, qu'il posa sur les nichons bien ronds dont elles cachèrent pratiquement tout de leur volume et ensuite une descendit le long du ventre jusqu'au manque de slip très sombre et tranché sur la peau claire comme un trou béant, s'y installa et fut rejointe par deux autres mains qui étaient celles de la fille gloussante et toutes les trois s'activèrent à quelque mystérieuse besogne, tandis que la fille écartait les jambes et que tout le monde titubait et reculait soudainement en poussant des jappements mi-apeurés mi-amusés, et ils percutèrent la paroi du chalet, alors qu'à la porte apparaissait une troisième silhouette blanche attirée par le bruit et probablement aussi la perspective de rigolade, nouvelle venue tout aussi toute nue que les deux premières, une autre fille, bien que Cinq-Six-Mouches ne remarquât pas dans l'immédiat la taille des seins pour établir le distinguo.

« Mais combien ils sont, là-dedans ? » se demanda-t-il, horrifié.

Ses jambes plièrent. Il se sentait très minuscule et simultanément gigantesque. Beaucoup trop vaste pour se cacher au fond de quelque trou de souris salvateur, beaucoup trop lourd. Il respirait mal. Il se recroquevilla. La fatigue écrasante qu'il portait dans tout son corps, et pas simplement comme un sac à dos, lui donna tout à coup l'impression de retomber au centre de lui-même, décrochée d'une périphérie pas très éloignée de sa peur. La fatigue l'annihila, le balaya. Elle s'abattit, en plus du désespoir engendré par la découverte tragique qui venait de lui interdire l'accès à l'aire de repos, comme il l'avait prévu, et le faisait dérailler de sa trajectoire.

Un malheur planait sur le monde et voilà que dorénavant Cinq-Six-Mouches le savait. Il ne devait pas rester là, au creux du fossé sauvage sous les tiges et les feuilles de fougères qui se courbaient vers lui par curiosité. Il lui fallait déplier ses jambes de nouveau et se redresser et s'enfuir.

Il rêva que le jour se levait, rêva que le soleil se levait. Il rêva que tous ces gens tout nus et surtout cette fille au minou si vaste et noir et aux fesses rondes finissaient par lui mettre la patte dessus et voulaient… il s'éveilla transi de peur, au beau milieu des cris, des appels… Une voix braillarde et mâle lança un vigoureux commandement exhortant à la célérité, à laquelle une autre voix mâle et rauque rétorqua qu'« on n'est pas aux pièces une seconde, merde, tu fais chier, bordel ! » et il y eut un claquement de portière.

Cinq-Six-Mouches ouvrit les yeux, ébloui, les referma, les rouvrit précautionneusement. Le soleil le frappait en plein, il avait le nez sur son bras replié dans les senteurs que dégageaient les racines de fougères. Il se redressa. La pesanteur entre ses épaules n'était plus due qu'à son sac. Le clairon joua, comme un déferlement soudain d'une brutalité folle, les premières mesures étonnamment justes de l'appel aux morts.

À genoux, la bouche ouverte, Cinq-Six-Mouches retomba en chute libre dans cet ahurissant cauchemar dont le plus cauchemardesque était surtout qu'il n'en était pas un et dans lequel il s'était enlisé bien avant de fermer les paupières. C'était devenu un spectacle burlesque d'une absolue surréalité.

La voiture était stationnée à hauteur du chalet, sur le chemin dont la faible déclivité, ajoutée aux herbes et fougères du premier plan, masquait une partie aux yeux du gamin. Par la vitre baissée de la portière arrière droite jaillissait à deux mètres de haut un drapeau français frangé d'or dont la pomme de pique lançait des éclairs. Le clairon, lui, apparut à la portière avant droite, lâcha trois pets salués par des rires féminins — et la voiture s'élança, le drapeau déployé se coucha dangereusement dans une gerbe éparpillée d'exclamations.

Cinq-Six-Mouches se tenait toujours agenouillé, une tige de fougère empoignée à deux mains comme s'il s'y cramponnait, quand la voiture passa en trombe à sa hauteur. Il n'eut pas le temps de se cacher. Ce qui d'ailleurs n'eût pas été possible s'il y avait songé : même en se jetant en arrière dans les hautes herbes, le vert criard de son blouson, le bleu électrique du short et le rouge absolument rouge du sac à dos s'accordaient avec autant de discrétion que la tricolore composition du drapeau. Drapeau qui, précisément, accaparait toute l'attention des occupants de la voiture et grâce auquel ils ne remarquèrent donc pas, à la seconde où cela eût dû leur crever les yeux, cette borne vivante extraordinairement colorée qui les regardait passer avec des yeux plus grands que des assiettes et une béante bouche à gober un essaim complet de mouchettes…

La fille dont il avait été malaisé de savoir au premier coup d'œil s'il s'agissait d'une fille, alors qu'elle était toute nue dans la nuit, avait maintenant passé comme tout le monde quelque vêtement et se trouvait dans la voiture avec le brandisseur de drapeau, tous deux unissant leurs efforts pour maintenir droite la bannière claquante, s'efforçant surtout de l'empêcher de se rabattre. À l'avant, qui surveillait en riant l'entreprise, il y avait l'autre fille, celle dont on n'hésitait pas à dire qu'elle en était une au premier coup d'œil, habillée ou non, et même à dix mètres dans la nuit ; elle avait elle aussi passé des vêtements et donnait du clairon, sa tignasse sombre coiffée d'un calot tricolore garni de breloques, badges et médailles qui pendouillaient. Le second garçon, au volant, avec un large sourire tout en dents désordonnées, était celui qui s'était collé à la fille par-derrière et dont elle avait fini après de longs tripatouillages par saisir la bite à deux mains — l'image choc du souvenir fondit sur Cinq-Six-Mouches au passage du véhicule, à la vue du grand sourire découvrant les dents brunes — passées entre ses propres cuisses, pour en faire ce qu'elle avait à en faire dans cette noirceur de ce qui n'était absolument pas un slip noir, avant de se cogner à reculons et en riant contre la paroi du chalet.

Le drapeau français passa en claquant.

Claqua deux ou trois fois, avec un bruit de mains battantes comme pour annoncer la suite du spectacle.

Mais la suite du spectacle en était le final.

Tout était terminé. Tout était envolé. À se demander même s'il s'était bien produit quelque chose et spécialement tout cela, à ne plus en être certain du tout, ni de cela ni de rien, une fois la poussière retombée, disparue la voiture au drapeau claquant avec sa cargaison de jeunes gens épanouis et corrodés de la denture, de jeunes filles trompettistes. Subsistait un léger relent qui s'en vint crisser sous les dents serrées de Cinq-Six-Mouches. Puis l'odeur de gaz d'échappement se dissipa.

Et il y avait le soleil et les insectes et les grosses mouches de la forêt et les taons déjà à l'œuvre et les papillons qui traversaient la lumière, toutes ces bestioles tirant leur file de trame sur la chaîne du silence. Il y avait les toiles d'araignées dans les ronces et les tiges, les odeurs de la terre entre les racines et sous la mousse, les odeurs des champignons camouflés sous les feuilles. Il y avait le ciel d'un bleu terrible et la vallée dont la palette se composait de verts pâles, d'ocres, jaunes et bleus fanés.

Cinq-Six-Mouches s'installa sur le plancher de la véranda du chalet. Il était sept heures vingt à sa montre. Une des choses qui l'étonnait le plus, au fond, était qu'il avait été capable de dormir plusieurs heures dans son fossé. Cette manière d'exploit n'était pas loin de le rendre presque fier, au creux de son désarroi. Ce temps de repos l'avait en tout cas indiscutablement revigoré.

Il avait jeté un coup d'œil à l'intérieur du chalet. Mais n'y avait trouvé, pour toute trace des turpitudes nocturnes qui s'y étaient déroulées, qu'une demi-douzaine de litres de vin rouge vides, une douzaine de trois quarts de bière vides, et deux boîtes de barquettes à la confiture d'orange. Vides.

Il mangea la moitié de son pain, un peu dur, et trois morceaux de sucre, but la moitié du contenu de sa gourde. Après quoi, il avait toujours terriblement faim mais fut raisonnable, ne sachant pas quand il trouverait d'autres nourritures plus conséquentes que son morceau de pain restant et ses sept sucres dans la boîte de pastilles Valda.

Assis à l'endroit même où s'était déroulé ce qu'il avait vu, il balançait ses pieds dans le vide au bord de la petite terrasse de la véranda. Il regarda aller et venir quelques fourmis sur les vieux bastings grisonnants, contempla longuement la vallée et ce qui constituait le cœur du village traversé par la nationale, chercha à repérer la maison de ses parents mais ne parvint qu'à la supposer derrière un bouquet d'arbres. La vallée adjacente des Charbonniers n'était pas visible depuis ici. Il pensa à Tatirène et Elian, puis Anjo, et *elle* — dans cet ordre. Il se demandait ce qu'ils faisaient. Quand il pensait à *elle*, les terribles et surprenantes images de la nuit écoulée montaient devant ses yeux, et Anjo s'immisçait dans le tableau. Inexplicablement, tout cela lui faisait songer à Evie aussi, ce qui le mettait mal à l'aise. Il reporta son intérêt sur les fourmis mais c'était difficile. Et puis les fourmis s'agitaient tellement qu'il finit par avoir honte d'être là à rêvasser et laisser couler le temps.

Il referma son sac, passa les bretelles, ouvrit le col de son blouson, remonta ses chaussettes.

Il entendit crachoter le moteur en baisse de régime, replia son pouce, baissa le bras et barricada sa conscience à la voix de M'man qui débitait derechef son chapelet d'exhortations, trouvant le biais qu'il estima honorable, après tout, de se dire que les recommandations s'adressaient principalement à Evie, qui était une fille, quand M'man en récitait la litanie, principalement après avoir lu dans le journal ou vu à la télé qu'une gamine auto-stoppeuse avait été violée trente-six fois par un inconnu détraqué qui avait pris la fuite après l'avoir étranglée.

(Et puis aussi Jean-Baptiste Ravioli — de son vrai nom Favioli — qui occupait volontiers tout le temps d'une récréation à raconter avec talent des tas de faits divers atroces qu'il apprenait par cœur dans des journaux spécialisés qu'achetaient ses parents [Jean-Baptiste qui du coup savait lire à dix ans comme beaucoup d'adultes savaient eux qu'ils n'y parviendraient jamais], instruisait depuis trois ans au moins les « petites classes » sur les aléas de la vie en dehors des horaires scolaires et terminait généralement son cours sur le viol par ce nota bene incontournable : « Ça peut arriver aux garçons aussi ! », mais Cinq-Six-Mouches n'y croyait pas trop et préférait de loin la version d'Evie, qui, elle, semblait tenir, en une sorte de dernier hommage accordé au martyr, à ce que son sexe faible bénéficiât de l'exclusivité.)

Sans crainte donc, en tout cas sans terreur, Cinq-Six-Mouches s'était résolu à faire du stop. Une primeur supplémentaire au cœur de l'aventure.

Il avait avalé sa dernière bouchée de pain, bu la dernière gorgée d'eau de goulotte dont il avait rempli sa gourde après avoir séché son précédent contenu de grenadine, et son estomac gargouillait tragiquement ; dans la boîte de pastilles Valda sortie du sac et empochée, deux malheureux morceaux de sucre s'entrechoquaient au rythme de sa marche en produisant un léger bruit de crécelle. Il ne lui restait rien de cette allure martiale qui l'avait propulsé dans la nuit ; il se bornait à pousser devant lui, sous la lourde semelle d'un pas de supplicié, les ombres méridiennes.

Quelque part après le chalet, il avait suivi une mauvaise branche du chemin, choisissant la montante qui lui semblait convenir plus logiquement à l'ascension d'une montagne… sauf que la grimpée droite et raide finissait par tourner et descendre, et descendre fort, et il s'y était engagé bien trop loin quand il avait admis son incontestable erreur.

À la suite de quoi il s'était retrouvé hors de la forêt, au fond d'un val étroit qui lui parut a priori lugubre et parfaitement abandonné des hommes, paradoxalement plus lugubre encore quand il s'aperçut que l'apparent abandon n'était qu'un leurre, ce qui le poussa à accomplir de grands détours qui évitaient la proximité de ces fermes isolées à l'aspect de ruines et aux abords desquelles, néanmoins, des chiens à l'attache aboyaient comme des fous au moindre froissement tandis que des silhouettes surgies, invisibles l'instant d'avant, s'immobilisaient pour scruter dans la même direction que les bâtards surexcités.

Plus tard, il se retrouva sur une route à flanc de colline, dans un paysage strictement inconnu, au-dessus d'un village aux habitations étrangères. Il reprit donc la direction de la montagne un peu au hasard, mécaniquement, si bien qu'il arriva à une intersection où il fut accueilli par une grappe de panneaux indicateurs sur le plus gros desquels il lut le nom d'un bourg qu'il savait se trouver là où il allait au pays des étangs. Il poursuivit donc d'un pas redevenu allègre jusqu'à ce que la vraie fatigue elle aussi de retour lui coule du feu dans la tête et lui ganse de plomb les articulations. Pour s'occuper l'esprit, il avait mis au point avec une étonnante facilité une histoire pour le cas où, opportunité aidant, il oserait, se résoudrait donc à tendre le pouce.

Un instant plus tard, alors qu'il se sentait réellement vaciller d'épuisement, la fameuse opportunité gravit la route derrière lui, bruyamment — et il tendit, puis baissa, le pouce.

Il avait certes déjà vu des scies à ruban automobiles itinérantes — camionnettes dont le plateau était également celui de la machine, avec les deux volants d'entraînement de la lame, un au-dessus l'autre en dessous, et qui se déplaçaient de maison en maison pour débiter les tas de quartiers de bois en morceaux de la taille des foyers des cuisinières et fourneaux. Pour ne parler que de l'engin de Colin-Colin Boldi, qui avait cette activité, au village. Mais si l'engin de Colin-Colin n'était pas de première jeunesse, celui qui arrivait, là, datait sans doute tout juste du lendemain de son invention…

Cinq-Six-Mouches monta sur le marchepied tremblant et put ainsi s'agripper des deux mains à la portière dont la vitre était descendue. La poignée extérieure avait disparu. Même en se haussant sur la pointe des pieds, ce qui déclencha un tiraillement de douleur pointue dans ses mollets, il ne parvint qu'à élever ses yeux dix centimètres sous le bord de la vitre baissée. Il entendit, dans les tressautements du moteur, une voix qui disait :

— Attends un peu ! Descends voir de là.

Il lâcha prise et sauta à terre et la portière s'ouvrit dans une secousse et l'homme qui s'était couché sur le siège du passager pour l'ouvrir se releva en disant : « Allez, grimpe ! » et Cinq-Six-Mouches grimpa.

— Faut la claquer fort ! dit le bonhomme.

Cinq-Six-Mouches empoigna la portière à deux mains par la tige de fer à béton tordue qui faisait office de poignée et le bord de l'ouverture de la vitre, et il claqua de toute sa force.

— Et oups ! clama le bonhomme. Tu sais presque faire le principal pour conduire c'te voiture. Dans pas longtemps j'peux t'laisser le volant !

Cinq-Six-Mouches ne fut pas certain de saisir tout à fait la subtilité, mais il se douta bien qu'il y en avait une et se fendit d'un sourire de bonne volonté réservé aux blagues des adultes.

Il se tenait assis sur le bord du siège défoncé, ce qui laissait encore un espace entre le dossier et son sac à dos rouge. Il s'était promis de rester sur ses gardes, prêt à bondir au-dehors à la moindre alerte — mais comment imaginer qu'un tel bonhomme pût commettre ce genre d'agression décrite par Ravioli et violer trente-six fois des gamines ou des gamins.

— Tu manges du *chinn'gum* ? demanda le bonhomme.

— Non merci, m'sieur.

Ne jamais accepter de bonbons ou ce genre de choses de la part d'un inconnu qui veut vous faire grimper dans sa voiture.

— Dis pas merci, j'veux pas t'en donner. Au cas où t'en aurais mangé, tout c'que j'demande c'est de pas les j'ter n'importe où là-n'd'dans.

Là-n'd'dans, c'était le tableau de bord dépourvu de tableau, une cavité remplie d'une profusion de fils multicolores et de cadrans fixés tant bien que mal (qui évoquèrent à Cinq-Six-Mouches l'image vue dans un film de ces radiateurs dressés au bout de leurs tuyauteries alors que tout le reste de l'immeuble alentour s'était écroulé).

Cinq-Six-Mouches promit de ne rien cracher, ni *là-n'd'dans* ni nulle part, répétant que d'ailleurs il n'avait rien à cracher.

Le bonhomme portait un genre de chemise fanée et une de ces salopettes qu'affectionnait l'Onc' Elian, ce qui décida Cinq-Six-Mouches à le ranger dans la même catégorie d'âge. Il avait une tête très maigre et osseuse avec un nez terriblement long et terriblement tordu et bossué de partout, des yeux de couleur indéfinie mais dont on remarquait surtout le jaune pisseux dans lequel nageaient les iris. Pourtant, cela n'empêchait pas que cet homme fût beau, comme ces photos sépia de vieux Indiens au cuir tanné du bout du monde. Un mouchoir à carreaux violet tortillé en ficelle était noué autour de son cou, et le nœud tressautait sur sa pomme d'Adam quand il parlait, ou à chaque fois qu'il déglutissait.

Cinq-Six-Mouches le trouva sympathique. Il se détendit, allongea ses jambes mâchurées et couvertes de griffures ; d'agréables picotements se propagèrent dans ses muscles.

— Où c'est qu'tu t'en vas donc comme ça, mon p'tit gars ? demanda le bonhomme en rétrogradant d'un grand coup de paume avant d'attaquer un virage en côte un peu raide.

La route était bordée de grands hêtres aux feuillages immobiles à travers lesquels la lumière tamisée descendait et mouchetait l'asphalte. Cinq-Six-Mouches raconta son histoire mise au point si facilement sur un ton remarquable de naturel et de sincérité, il dit qu'il faisait partie d'une bande de scouts lâchés dans la nature qui devaient se retrouver tous avant la nuit près d'un étang.

Le bonhomme s'abîma dans la conduite de son véhicule pendant un moment, puis, jugeant que ça pouvait rouler une dizaine de mètres sans intensive surveillance, il lança des œillades du côté de Cinq-Six-Mouches :

— Quel étang, donc ?

— Quand je le verrai, je le reconnaîtrai, dit Cinq-Six-Mouches.

Le nœud du mouchoir monta et descendit trois ou quatre fois, avec ses extrémités flottantes qui battaient.

— Et c'est vers quel coin que tu verrais ça ?

Cinq-Six-Mouches donna le nom du lieu qu'il avait lu sur le panneau indicateur et qui se trouvait comme il le savait au pays des étangs. Une bouffée d'inspiration lui fit ajouter, par souci de prudence et de véracité : « Un peu avant… »

— Mouaips, un peu avant, y m'semble bien aussi, dit le bonhomme. J'te conduirai certainement pas jusque là-bas, mon p'tit gars, mais j't'avancerai d'un bout d'chemin. Y a bien un étang pas loin d'où que j'vais, mais c'est pas aussi loin.

— C'est peut-être le bon, dit Cinq-Six-Mouches. Je le reconnaîtrai.

— À quoi donc que tu le r'connaîtras, mon p'tit gars ?

Et Cinq-Six-Mouches estima que ce conducteur de scie à bois automobile avait l'air suffisamment sympathique pour lui dire :

— Aux hérons.

Expliquant posément, expliquant précisément les hérons et tout ce que l'Onc' Elian lui en avait dit. Quand il eut terminé, le bonhomme salua d'un hochement de tête admiratif.

— On dirait que t'en connais un sacré rayon, mon p'tit gars. Et c'est bien dommage que j'sois pas capab' de t'renseigner pour que tu puisses la faire, ta photo. Mais ça fait un fameux moment que j'ai pas vu d'héron par là-haut. Avant, oui, j'peux te dire qu'y nichaient pas sur le bord des étangs, mais dans les arbres, à une lisière, en général, et on r'connaissait l'coin à toute leur merde blanche qui peinturait l'arbre en dessous du nid. Ouais. Mais p't'être bien qu'à présent y zont choisi les étangs, va savoir. Y aurait pas qu'ça qui a bien changé... C'que j'me d'mande, c'est c'que c'est bien qu'cette histoire que tu m'as *die*, t't'à l'heure. Cette histoire de lâcher des enfants dans la nature pour chercher un étang où qu'y vont soi-disant s'retrouver tous. Comment qu't'as dit qu't'appelles c't'affaire ? Comment ?

— Les scouts ? dit Cinq-Six-Mouches.

— Ouaip, c'nom-là. Qu'est-ce que c'est encore que c'machin ?

Un homme, évidemment, qui n'a jamais entendu le mot « scout » et semble tout ignorer de ce que cela représente peut-il être raisonnablement crédible quand il prétend n'avoir jamais vu de héron sur le bord d'un étang ? Cinq-Six-Mouches décida que non. Décida qu'en dépit de toute la sympathie qu'il portait au brave type il convenait de ne le prendre *que* pour ce qu'il était : un brave type n'ayant jamais éprouvé le besoin d'inventer l'eau tiède.

Un brave type qu'il s'efforça donc d'initier séance tenante au scoutisme — à qui il s'efforça d'inculquer les grandes lignes de *ce qu'il pensait être* le scoutisme, ainsi que des kyrielles de détails qu'il inventa au fur et à mesure. Estimant que ce qu'il inventait sonnait plus juste et plus agréable, il finit par intégrer son initiative personnelle à un vaste mouvement de protection du héron déclenché depuis peu et répandu à travers toute la France.

— Nom de d'là, et pourquoi donc ? fit le scieur de bois itinérant.

Cinq-Six-Mouches fut intarissable sur les vertus du héron, discutant une éternité jusqu'à ce que le bonhomme exécute une série de manœuvres qui stoppèrent son véhicule sur le bas-côté, puis, cela fait, désigne d'un hochement de menton la haie d'arbres et de broussailles — un instant il ne fit rien sinon cligner ses yeux jaunes et bouger ses lèvres. L'estomac de Cinq-Six-Mouches gargouilla plus fort que le ralenti du moteur.

— N'en v'là un, d'étang, dit le bonhomme. C'est l'plus grand que j'connais dans les *barrages* et j'peux presque te garantir que t'y photographieras pas l'moindre héron, parce que si y en a, y doivent pas être bien gros. Pas bien plus gros qu'des *hérondelles*, oui. En tout cas moi j'les ai pas vus. Et j'sais pas trop c'que c'est qu'toute cette histoire de *stoucs* que tu m'parles. J'me d'mande bien comment qu'j'ai fait mon compte pour jamais entendre parler d'ça, jamais avoir lu ça dans un journal. Faudrait pas savoir lire. Tout d'même, j'me d'mande bien… Mais j'vais t'laisser ici, mon gars, et si c'est ton étang, çui qu'tu cherches, c'est bien… Te v'là arrivé l'premier, y m'semble. Si c'est pas çui-là, tu t'débrouilleras tout seul, mon p'tit gars, comme tes copains… Moi, j'pense que j'vais même pas m'rappeler qu't'es monté dans ma camionnette, et j'vais pas m'rappeler non plus que j'devrais p't'être plutôt prévenir les gendarmes, non ?

Fort heureusement, il récita sa tirade sans regarder Cinq-Six-Mouches… lequel pourtant ne parvint toujours pas à ne pas le trouver sympathique.

— Eh bien, dit Cinq-Six-Mouches, je vais descendre ici, alors, et regarder si c'est cet étang. Alors merci.

— Pas d'quoi, mon p'tit gars.

— C'est pas la peine de m'attendre.

— J'le compte pas, mon p'tit gars.

Cinq-Six-Mouches sauta à terre.

— Attends, j'vas la claquer, dit l'homme.

Cinq-Six-Mouches recula de trois pas. Le bonhomme se pencha sur le siège et saisit la poignée de la portière. Il désigna la route d'un mouvement de son long nez bosselé, dit :

— Tu vois la pancarte de réclame au-dessus du fossé, là-bas, au pied d'l'arbre ? À vingt mètres plus loin y a un ch'min qui va jusqu'à une ferme. C'est eux les proprios de c't'étang. Y pourront te dire, eux, pour les *zhérons*... Et pis si ça existe un étang à hérons, y pourront te dire, eux, là *ousque* c'est.

Cinq-Six-Mouches opina du chef.

— Si ça t'intéresse, dit le bonhomme.

Il se fendit d'une espèce de sourire et claqua la portière.

Cinq-Six-Mouches regarda s'éloigner la scie-camionnette et, après qu'elle eut disparu derrière le tournant, relâcha sa respiration suspendue. Ce qu'il ne comprenait pas, c'était l'astuce qu'avait faite le bonhomme en appelant « pancarte de réclame » le panneau indicateur, au bord de la route, nommant « Grange Noire » le lieudit.

Il traversa la haie à ce point de passage qu'un grand nombre de pêcheurs avaient ouvert, suivit le sentier dans les joncs sur la glaise battue et rebattue, dure comme du béton. Un courant d'air soupirait dans les hautes tiges et le frisson ondoyait sans fin sur les feuilles recourbées. L'odeur de vase était très forte, très épaisse, très lourde. Le sentier déboucha sur une partie dégagée de la berge qui dessinait un large arc de cercle finissant dans une nouvelle jonchère. L'étiage exceptionnel décolorait sur un bon mètre la pente douce de la berge. Une sorte d'appontement démantibulé se dressait là complètement au sec et comme si la chose la plus terrible qui pût lui arriver consistait à ce que l'eau remonte et touche le squelette gris branlant de ses pilotis. Derrière l'appontement fantôme, une barque à fond plat pourrissait, depuis si longtemps échouée dans la boue qu'une gerbe de saules poussait à l'intérieur.

Cinq-Six-Mouches s'arrêta à hauteur de l'appontement et contempla la surface brillante, éblouissante, de l'étang, avec tous les mouvements onduleux que faisaient les moustiques sur la surface et il regarda le pourtour de l'étang, ce qu'il pouvait en apercevoir depuis cet appontement pourri — être là et voir simplement suffisait. Imaginons que quelque monstre se soit levé, une sorte de Neptune des Lacs, crevant la surface de l'eau calme, éparpillant le silence en morceaux et tonnant d'une voix d'orage : « Et maintenant ? » Il était bien évident qu'une fois le Neptune des Lacs redescendu dans ses abysses la réponse à son injonction ironique continuerait de rebondir indéfiniment et de ricaner de plus en plus haut.

Et les lacs du pays des étangs, tel celui-ci dont on ne bouclait certainement pas le tour en moins d'une heure, étaient innombrables, sans compter de plus grands encore, sans compter les beaucoup plus vastes…

Et l'Onc' Elian ne se trompait pas obligatoirement, ne mentait pas obligatoirement, quand il prétendait que le héron venait de Haute-Saône. C'était vrai, sans aucun doute. Comme c'était vrai que Cinq-Six-Mouches avait parcouru ce chemin jusqu'ici pour accomplir une performance hors du commun qui le valoriserait indiscutablement aux yeux de celle pour qui Anjo se contentait de devenir juste un peu marteau. Tout était vrai.

Tout est vrai. Tout est vrai comme les filles aux joues rondes que des confusions rosissent, filles au tendre velvet des regards presque baissés, le jour, et qui la nuit se mettent nues sous les étoiles des forêts, avec des rires graves qu'on dirait levés de terre, peints au sang noir sur leurs lèvres ouvertes, attrapent sans vergogne le sexe des garçons qu'elles enfourchent et patouillent dans la raie de leurs fesses. Tout est vrai comme ces filles qui sont aussi vos sœurs et pourquoi pas vos mères, pourquoi pas vos amours.

Une voiture passa sur la route sans ralentir.

Cinq-Six-Mouches eut le sentiment qu'il n'avait pas vu de *véritable* voiture depuis bien longtemps, pratiquement depuis qu'il était entré au pays des étangs. Sans aucun doute, se dit-il, il se trouvait *ailleurs*, dans une contrée où les vieux scieurs de bois n'avaient jamais entendu parler de scouts, où trois voitures passaient sur la route en une heure, où jadis les hérons construisaient leur nid dans des arbres blanchis par leurs excréments…

Il s'aperçut qu'il pleurait. Des larmes silencieuses qu'il n'avait pas senties monter et qu'il laissa couler. Des grosses et lourdes larmes, sève de blessures douloureuses, des larmes qui roulaient jusqu'à son menton après lui avoir chatouillé les coins de la bouche, qui tombaient et qui s'écrasaient sur son blouson. Il n'y voyait plus, toute la surface de l'étang se brouillait, frisée et embrumée d'un bord à l'autre.

Quand les larmes se tarirent, Cinq-Six-Mouches renifla un bon coup et puis encore un bon coup. Après quoi, il ressentit l'impérieux besoin de faire plusieurs choses dans les plus brefs délais : courut vers les joncs pour y pisser à l'abri d'éventuels regards (?) et revint à hauteur de l'appontement où il mangea les sucres restant dans sa boîte Valda. Il sortit l'appareil photographique de sa poche et fit deux clichés du lac en prenant garde à ne pas se placer face au soleil comme le lui avait recommandé P'pa qui n'était certainement pas capable de donner un autre conseil en technique photographique. Si les photos étaient réussies, elles immortaliseraient l'appontement et un morceau d'étang, et aussi la barque échouée avec un autre morceau d'étang, en fond.

Puis il attendit.

Ne sachant quoi ni pourquoi.

Un hélicoptère civil gros comme une grosse libellule, une lampe rouge lui clignant sous le ventre, passa au-dessus de l'étang, s'en fut, puis revint, et Cinq-Six-Mouches le prit en photo (c'est-à-dire qu'il crut le voir dans le viseur quand il appuya sur le déclencheur). L'hélicoptère s'éloigna pour de bon et Cinq-Six-Mouches se dit un peu plus tard qu'il s'agissait d'un appareil lancé à sa recherche et il joua à nourrir cette hypothèse un moment. Il sentit revenir les larmes, cette fois fit un effort et les ravala, et avant qu'il eût fini tout à fait d'être triste comme cela menaçait, il s'abattit au sol, il creusa, il creusa à pleines mains et dans le trou dit les mots, les dit à la terre pas même humide de cette berge d'étang sans héron, et sur les mots couchés repoussa une poignée de terre afin qu'ils fussent ici à leur place et désormais nulle part ailleurs, cet endroit connu de lui seul, repoussa la terre à pleines mains, ce qui fait que lorsqu'il essuya les quelques coulures de larmes échappées malgré lui, le résultat fut saisissant.

Il quitta l'étang dans le milieu de l'après-midi. Il reprit la route en sens inverse de ce qu'il avait parcouru dans la camionnette-scieuse du bonhomme. Il n'eut pas à tendre le bras ni lever le pouce. La première voiture passant sur cette route de l'orée du pays des étangs au bout de deux ou trois heures s'arrêta d'elle-même quelques mètres après l'avoir dépassé. Il ne la reconnut qu'en se portant à sa hauteur. Ou plus exactement identifia son conducteur. Et c'était trop tard, incroyable et pourtant parfaitement vrai.

— Qu'est-ce que t'as ? dit Big Jeff. J'te fais peur ?

Après qu'il eut lavé la voiture à grands seaux d'eau, comme si c'était tout à coup la chose la plus urgente à faire, Anjo s'était assis par terre, adossé au tonneau jaune d'Elian, et somnola dans la seconde suivante. Le bourdonnement d'un bavardage le tira de son demi-sommeil. Tatirène et Mme Violet se trouvaient maintenant sur le banc de ce côté-ci de la maison, dans l'ombre qui avait tourné. Anjo traînassa sans rien faire d'autre de ses dix doigts que les coincer dans la ceinture de son pantalon, et à un moment il en extirpa cinq avec lesquels il agaça le chat rayé de jaune venu dormir, étalé de tout son long à portée de main.

C'est alors qu'elle sortit de la maison. Pratiquement sans bruit en traversant le rideau de perles. Elle portait une courte jupe bleue, un haut noir à fines bretelles, des chaussures basses, noires. Elle avait relevé ses cheveux en un chignon hâtif, la frange lui dévorant le front, deux mèches qui tombaient de ses tempes avec une grâce infinie (jugea Anjo)… Une cigarette entre deux doigts, elle s'immobilisa quelques secondes sur le seuil, puis porta la cigarette à ses lèvres et aspira une bouffée qu'elle exhala par les narines.

Elle se mit en mouvement. Tandis qu'Anjo essayait de se rappeler ce qu'elle avait dit du coin de la bouche et à son adresse, si d'aventure elle avait dit quelque chose. Elle s'en allait, à pas roulants, portée par un déhanchement que ses talons plats mettaient naturellement et joliment en valeur. S'éloigna. Laissant flotter derrière elle de petits tortillons de fumée de sa cigarette. Les deux femmes sur le banc elles aussi la suivaient des yeux, leur conversation suspendue…

— Où tu t'en vas ? demanda Tatirène quand il ouvrit la portière de la voiture et se laissa tomber sur le siège et actionna le démarreur.

Il dit « faire un tour ».

Il fut absent trois quarts d'heure (il vit lui aussi un groupe de conscrits et conscrites en pleine tournée aux œufs qui firent mine de vouloir l'arrêter en occupant le milieu de la route…) et à son retour les deux femmes avaient quitté le banc. Une fois la voiture au garage, Anjo tourna dans la cour comme s'il cherchait le meilleur endroit où attendre et comme s'il avait quelque chose ou quelqu'un à attendre. Il se décida pour le tonneau jaune d'Elian.

Un peu plus tard il l'aperçut en bas, près du ruisseau, qui marchait lentement sur la berge, remontant le cours d'eau. Il la vit pénétrer dans les broussailles. Il sauta en bas du tonneau — et le cri le frappa dans le dos :

— Anjo !

Il se figea, se retourna.

Dans son blouson vert à vous crever les yeux, Cinq-Six-Mouches arrivait, agitant la main et le sourire fendu d'une oreille à l'autre.

— Je l'avais pas dit, sans doute, gronda Anjo comme une menace. J'l'avais pas dit qu'il serait là avant ce soir !

— Salut Anjo ! cria le gamin.

Anjo grommela et dévala la pente vers le ruisseau, sans répondre, et Cinq-Six-Mouches mit le pied dans la cour de la maison en même temps que l'Onc' Elian sortait de la cuisine à travers le rideau de perles.

— Bon Dieu d'bois vert, fit Onc' Elian, d'où qu'tu sors, toi ?

— De Haute-Saône, dit le gamin. C'est Big Jeff qui m'a ramené.

Elian marqua le coup, secoua la tête de haut en bas tout en se débrouillant pour que son regard pointu ne quittât pas son axe d'un demi-centimètre.

— En Haute-Saône, dit-il.

— F'ui, aspira Cinq-Six-Mouches en balançant la tête. Je voulais voir si je trouverais le nid de hérons près des étangs, mais les hérons font plus leur nid près des étangs, en tout cas des étangs que j'ai vus.

— Big Jeff ? dit Elian.

— F'ui. Il m'a ramené.

— Les hérons font plus leur nid près des étangs que t'as vus, hein ?

— Non, dit Cinq-Six-Mouches. C'est un scieur de bois qui me l'a dit, et il s'y connaissait. Je regrette de pas l'avoir pris en photo, lui. Mais j'ai pris l'étang. Et un hélicoptère.

— Un hélicoptère.

— Oui.

— Mouais. Et pourquoi diable Big Jeff t'aurait ramené ?

— J'en sais rien. J'ai pas pu l'éviter.

Elian scruta longuement Cinq-Six-Mouches sans ciller. Loin, on entendit quelqu'un souffler malhabilement dans un clairon. Une tentative de sonnerie militaire.

— C'est les conscrits, dit Cinq-Six-Mouches sur un drôle de ton. Je les ai vus aussi. Ils font la tournée. Ils passent dans les maisons depuis dimanche. C'est Big Jeff qui me l'a dit.

Elian fit « oui » de la tête, comme il savait le faire sans que ses yeux bougent.

— Ça va, Anjo ? demanda Cinq-Six-Mouches.

Onc' Elian sursauta et fit « Ouais, sans doute », avec l'air de ne pas prêter attention aux mots qui se glissaient sous sa moustache. Cinq-Six-Mouches soupira et porta son attention dans la direction qu'avait prise Anjo, du côté du ruisseau.

— Peut-être qu'il ne deviendra pas fou complètement, dit-il. Qu'il s'arrêtera avant.

Le chat rayé de jaune fit son apparition et s'approcha lentement. Il poussa un miaulement paresseux et regarda Elian puis le gamin, s'assit entre les deux, et finalement se laissa tomber de tout son long comme s'il avait décidé de passer là le reste de son existence, bougeant juste de temps à autre l'extrémité de sa queue. Il ne ronronnait pas, il n'avait jamais su, au lieu de quoi produisait sporadiquement d'étranges bruits rhino-pharyngiens.

— Qu'est-ce que c'était, comme étang ? demanda Elian.

Il crut que le gamin n'avait pas entendu, ses yeux plissés sur un regard perdu dans le vague, ouvrait la bouche pour répéter la question. Cinq-Six-Mouches dit :

— Un étang. Un très gros.

Son front se plissa. Elian attendait, étirant et contractant ses lèvres en un mouvement qui faisait frissonner sa moustache.

— C'est tout ? Un très gros étang ?

— Je l'ai pris en photo.

— Est-ce que la montagne se reflétait dedans ? demanda Elian.

— Quelle montagne ?

— La montagne. Les montagnes autour de l'étang.

Cinq-Six-Mouches plissa le front davantage.

— Y avait pas de montagnes, autour…

— T'es sûr de ça ?

Cinq-Six-Mouche hocha vigoureusement la tête et affirma qu'il était sûr et certain. Et même ajouta :

— Tous les étangs sont pas comme celui de Presles, hé. Là-bas, les montagnes ne sont pas tout près.

Elian le considéra longuement. Un grand moment de silence les lia l'un à l'autre, le nœud serré progressivement sur quelques pépiements d'oiseaux, les borborygmes du chat rayé de jaune et trois ou quatre bruits lointains sans identité précise. Les pensées d'Elian qui tourniquaient s'inscrivaient en gros traits sur son visage : en ce qui le concernait, les seuls étangs sérieux qu'il connût se trouvaient être celui de la vallée de Presles, à moins de dix kilomètres, disons sept, et le lac des Perches, et il connaissait aussi le nom de deux ou trois autres, mais situés en pleine montagne ; donc, il eût été bien incapable de jurer que Cinq-Six-Mouches ne s'était pas rendu *effectivement* jusqu'à un lac de Haute-Saône, de l'autre côté du ballon de Servance. Le chat rayé de jaune émit des bruissements impatients à la limite du miaulement. Elian soupira et plia les genoux et gratouilla le ventre de l'animal de deux doigts distraits.

— Ne va jamais raconter ça à ta mère, dit-il. Ou alors attends d'avoir mon âge pour le faire…

Cinq-Six-Mouches dit :

— Oui… mais alors pour les photos… Comment que je vais les…

— Tu me donneras ta pellicule, je me débrouillerai.

Il soupira profondément et dit :

— Comment tu ferais si tu devais rester un jour entier sans avoir une nouvelle idée folle ?

Cinq-Six-Mouches serra les lèvres et inclina la tête de côté en attendant la suite.

— Bon Dieu de bois vert, dit Elian entre ses lèvres cachées sous la moustache, ne va surtout pas raconter que Big Jeff t'a ramené de je ne sais trop où. Même quand t'auras mon âge, ne le dis pas, ça... Qu'est-ce qu'il fabriquait aussi dans le coin, celui-là ? Toujours partout par monts et par vaux, à traîner du matin au soir et sans parler des nuits... À faire on ne sait pas quoi...

— Il passait par là, dit Cinq-Six-Mouches.

— C'est ça. Il passait par là. C'est bien ce que je dis.

— Il m'a rien fait de mal. Il passait par là et il s'est arrêté parce qu'il m'a reconnu sur le bord de la route. Qu'il a dit. Il m'a demandé si j'avais peur et j'ai dit que non... mais j'avais un peu peur quand même...

— Et après ? C'était où ?

— Là-bas. En Haute-Saône. De l'autre côté de la montagne. Je suis parti hier soir. Je voulais trouver les hérons. J'ai marché toute la nuit en passant par le chemin que je me rappelais. Un jour, avec Pa, on était passés par là pour aller rechercher ses chiens de chasse qui s'étaient perdus, tu te rappelles ?

— Non.

— Mais si.

— Mais non, je me rappelle pas. Je me rappelle pas toutes les fois que ses chiens se sont perdus. Qu'est-ce que t'es en train de me raconter ?

Cinq-Six-Mouches soupira. Marqua un temps de réflexion. Le chat rayé de jaune émit un bruit impatient et Onc' Elian reprit son tripotage de ventre.

— À la cabane forestière, dit le gamin, j'ai vu les conscrits. Des garçons et des filles… Alors je me suis caché et ce matin je suis reparti… Il y a un monsieur scieur de bois qui m'a fait monter dans son camion, je lui ai dit que j'étais un scout et il m'a dit que les hérons ne venaient plus par ici, alors il m'a laissé près de l'étang… C'est après que j'ai vu Big Jeff et il m'a reconnu et il m'a ramené. Je crois qu'il a trouvé vraiment bizarre que je sois là mais il me l'a pas dit. On a revu les conscrits à l'entrée du village et j'ai reconnu celui qui portait le drapeau, je l'avais vu avec cette fille devant la cabane forestière, la nuit. Big Jeff m'a dit de me cacher, qu'on ne me voie pas dans sa voiture avec lui…

— Ah oui ? et pourquoi ça ? coassa Elian.

Cinq-Six-Mouches haussa mollement une épaule :

— Parce qu'il vaut mieux ne pas être vu avec lui. Il le sait bien, c'est lui qui me l'a dit. Evie aussi le dit… Alors personne m'a vu. Il m'a laissé un peu avant le bas de la route.

Les bruits de nez que produisait le chat rayé de jaune s'emballaient, se calmaient, reprenaient. Cinq-Six-Mouches avait plissé les paupières jusqu'à presque fermer les yeux, avec ce sourire imperceptible, indéfinissable, pareil à celui qu'ont les chats quand ils ferment les moleurs. Voilà qu'il s'enlisait dans un de ces moments rares à la texture composée de plusieurs sortes de petits bonheurs d'une mystérieuse banalité…

— Peut-être que j'étais un peu fou, moi aussi, hein ? dit-il.

— Comment ça, fou ? dit Elian qui en était resté à Big Jeff.

Cinq-Six-Mouches expliqua :

— Fou comme Anjo, peut-être un peu. C'est pour elle que je cherchais le héron. Onc' Elian…

— Oui, gamin ?

— Mais je l'aime toujours bien, tu sais ? Mais je suis revenu et je ne suis plus fou comme avant.

Il prononçait « avant » comme si la dernière fois qu'hier était tombé remontait à six mois. Elian se sentit étrangement touché, en même temps qu'embarrassé, par la confidence du gamin sur ce ton somnolent.

— Tu comprends, Onc' Elian ?

— Oui, dit Elian. J'crois que oui.

— Je l'aime bien encore... mais je suis plus presque fou. J'aime bien y penser... Tu crois que c'est ça ? que je suis presque devenu marteau et que ça s'est arrêté à temps ?

— Sans doute, oui... je sais pas si c'est réellement ce qui s'est passé, mais si t'appelles ça comme ça, c'est sans doute qu'y a du vrai...

— Tu le diras à personne, hein ?

— Non. Tu peux être certain.

— Certain ?

— Certain.

— Ça t'est déjà arrivé, quand t'étais jeune, Onc' Elian ?

— J'pense qu'on peut dire que oui. Quand j'étais jeune, oui, comme tu dis.

— Avec Martinette ?

— Non.

— Oh.

— Non, c'était pas Martinette.

Un temps plus tard, Cinq-Six-Mouches marmotta d'une voix qui semblait sur le point de s'endormir là, pratiquement éteinte :

— Tu t'occuperas de ma pellicule, alors ?

Elian ne répondit pas.

Le chat rayé de jaune cessa ses bruits et attendit lui aussi la réponse, ou bien une autre réponse à une autre question, qui ne vint pas.

FIN

Si j'avais raconté cette histoire, je pourrais placer ici le mot fin, mais je pourrais l'écrire plus loin aussi, bien plus loin, ne pas l'écrire avant longtemps, c'est-à-dire jamais, pendant un moment encore.

DÉCOUVREZ LES FOLIO 2 €

Parutions d'octobre 2007

Stéphane AUDEGUY *Petit éloge de la douceur*
Avec Audeguy, la douceur n'est pas synonyme de fadeur ou niaiserie. Sous forme d'un abécédaire caustique, il évoque les sucreries, les caresses, mais aussi le penalty de Panenka, le cinéma porno ou la chanson française !

Éric FOTTORINO *Petit éloge de la bicyclette*
Qu'il évoque le Tour de France centenaire, la boue du Paris-Roubaix ou sa participation à la course du *Midi-Libre*. Éric Fottorino nous entraîne dans un univers où rage et passion sont le quotidien des coureurs et de tous les amoureux de la petite reine.

Valentine GOBY *Petit éloge des grandes villes*
Paris, New York, Copenhague, Hanoï, Manille… Valentine Goby nous invite à un voyage très personnel à travers les villes qu'elle aime, à la rencontre de leurs habitants. Une lecture pleine d'enthousiasme qui donne envie de sauter dans le premier avion !

Gaëlle OBIÉGLY *Petit éloge de la jalousie*
Sentiment obsédant autour duquel se construit toute une vie, la jalousie s'immisce dans le quotidien et en colore chaque instant. Avec une froideur clinique Gaëlle Obiégly en dissèque les manifestations jusqu'au vertige.

Pierre PELOT *Petit éloge de l'enfance*
Pelot, avec l'histoire de ce petit garçon qui tombe amoureux pour la première fois et bascule tout doucement, sans le savoir, de l'enfance vers l'adolescence, nous offre un récit plein de poésie et de fraîcheur.

Déjà parus dans la série Petit éloge

Régine DETAMBEL *Petit éloge de la peau*
Caryl FÉREY *Petit éloge de l'excès*
Jean-Marie LACLAVETINE *Petit éloge du temps présent*
Richard MILLET *Petit éloge d'un solitaire*
Boualem SANSAL *Petit éloge de la mémoire*

Dans la même collection

R. AKUTAGAWA	*Rashômon* et autres contes (Folio n° 3931)
AMARU	*La Centurie. Poèmes amoureux de l'Inde ancienne* (Folio n° 4549)
M. AMIS	*L'état de l'Angleterre* précédé de *Nouvelle carrière* (Folio n° 3865)
H. C. ANDERSEN	*L'elfe de la rose* et autres contes du jardin (Folio n° 4192)
ANONYME	*Conte de Ma'rûf le savetier* (Folio n° 4317)
ANONYME	*Le poisson de jade et l'épingle au phénix* (Folio n° 3961)
ANONYME	*Saga de Gísli Súrsson* (Folio n° 4098)
G. APOLLINAIRE	*Les Exploits d'un jeune don Juan* (Folio n° 3757)
ARAGON	*Le collaborateur* et autres nouvelles (Folio n° 3618)
I. ASIMOV	*Mortelle est la nuit* précédé de *Chante-cloche* (Folio n° 4039)
AUGUSTIN (SAINT)	*La Création du monde et le Temps* suivi de *Le Ciel et la Terre* (Folio n° 4322)
J. AUSTEN	*Lady Susan* (Folio n° 4396)
H. DE BALZAC	*L'Auberge rouge* (Folio n° 4106)
H. DE BALZAC	*Les dangers de l'inconduite* (Folio n° 4441)
T. BENACQUISTA	*La boîte noire* et autres nouvelles (Folio n° 3619)
K. BLIXEN	*L'éternelle histoire* (Folio n° 3692)
BOILEAU-NARCEJAC	*Au bois dormant* (Folio n° 4387)

M. BOULGAKOV	*Endiablade* (Folio n° 3962)
R. BRADBURY	*Meurtres en douceur* et autres nouvelles (Folio n° 4143)
L. BROWN	*92 jours* (Folio n° 3866)
S. BRUSSOLO	*Trajets et itinéraires de l'oubli* (Folio n° 3786)
J. M. CAIN	*Faux en écritures* (Folio n° 3787)
MADAME CAMPAN	*Mémoires sur la vie privée de Marie-Antoinette* (Folio n° 4519)
A. CAMUS	*Jonas ou l'artiste au travail* suivi de *La pierre qui pousse* (Folio n° 3788)
A. CAMUS	*L'été* (Folio n° 4388)
T. CAPOTE	*Cercueils sur mesure* (Folio n° 3621)
T. CAPOTE	*Monsieur Maléfique* et autres nouvelles (Folio n° 4099)
A. CARPENTIER	*Les Élus* et autres nouvelles (Folio n° 3963)
C. CASTANEDA	*Stopper-le-monde* (Folio n° 4144)
M. DE CERVANTÈS	*La petite gitane* (Folio n° 4273)
R. CHANDLER	*Un mordu* (Folio n° 3926)
G. K. CHESTERTON	*Trois enquêtes du Père Brown* (Folio n° 4275)
E. M. CIORAN	*Ébauches de vertige* (Folio n° 4100)
COLLECTIF	*Au bonheur de lire* (Folio n° 4040)
COLLECTIF	*« Dansons autour du chaudron »* (Folio n° 4274)
COLLECTIF	*Des mots à la bouche* (Folio n° 3927)
COLLECTIF	*« Il pleut des étoiles »* (Folio n° 3864)
COLLECTIF	*« Leurs yeux se rencontrèrent… »* (Folio n° 3785)
COLLECTIF	*« Ma chère Maman… »* (Folio n° 3701)

COLLECTIF	*« Mon cher Papa... »* (Folio n° 4550)
COLLECTIF	*« Mourir pour toi »* (Folio n° 4191)
COLLECTIF	*« Parce que c'était lui ; parce que c'était moi »* (Folio n° 4097)
COLLECTIF	*Un ange passe* (Folio n° 3964)
COLLECTIF	*1, 2, 3... bonheur !* (Folio n° 4442)
CONFUCIUS	*Les Entretiens* (Folio n° 4145)
J. CONRAD	*Jeunesse* (Folio n° 3743)
J. CORTÁZAR	*L'homme à l'affût* (Folio n° 3693)
J. CRUMLEY	*Tout le monde peut écrire une chanson triste* et autres nouvelles (Folio n° 4443)
D. DAENINCKX	*Ceinture rouge* précédé de *Corvée de bois* (Folio n° 4146)
D. DAENINCKX	*Leurre de vérité* et autres nouvelles (Folio n° 3632)
R. DAHL	*Gelée royale* précédé de *William et Mary* (Folio n° 4041)
R. DAHL	*L'invité* (Folio n° 3694)
S. DALI	*Les moustaches radar (1955-1960)* (Folio n° 4101)
M. DÉON	*Une affiche bleue et blanche* et autres nouvelles (Folio n° 3754)
R. DEPESTRE	*L'œillet ensorcelé* et autres nouvelles (Folio n° 4318)
R. DETAMBEL	*Petit éloge de la peau* (Folio n° 4482)
P. K. DICK	*Ce que disent les morts* (Folio n° 4389)
D. DIDEROT	*Lettre sur les aveugles à l'usage de ceux qui voient* (Folio n° 4042)
R. DUBILLARD	*Confession d'un fumeur de tabac français* (Folio n° 3965)
A. DUMAS	*La Dame pâle* (Folio n° 4390)
M. EMBARECK	*Le temps des citrons* (Folio n° 4596)

S. ENDO	*Le dernier souper* et autres nouvelles (Folio n° 3867)
ÉPICTÈTE	*De la liberté* précédé de *De la profession de Cynique* (Folio n° 4193)
W. FAULKNER	*Le Caïd* et autres nouvelles (Folio n° 4147)
W. FAULKNER	*Une rose pour Emily* et autres nouvelles (Folio n° 3758)
C. FÉREY	*Petit éloge de l'excès* (Folio n° 4483)
F. S. FITZGERALD	*La Sorcière rousse* précédé de *La coupe de cristal taillé* (Folio n° 3622)
F. S. FITZGERALD	*Une vie parfaite* suivi de *L'accordeur* (Folio n° 4276)
C. FUENTES	*Apollon et les putains* (Folio n° 3928)
GANDHI	*La voie de la non-violence* (Folio n° 4148)
R. GARY	*Une page d'histoire* et autres nouvelles (Folio n° 3753)
MADAME DE GENLIS	*La Femme auteur* (Folio n° 4520)
J. GIONO	*Arcadie... Arcadie...* précédé de *La pierre* (Folio n° 3623)
J. GIONO	*Prélude de Pan* et autres nouvelles (Folio n° 4277)
N. GOGOL	*Une terrible vengeance* (Folio n° 4395)
W. GOLDING	*L'envoyé extraordinaire* (Folio n° 4445)
W. GOMBROWICZ	*Le festin chez la comtesse Fritouille* et autres nouvelles (Folio n° 3789)
H. GUIBERT	*La chair fraîche et autres textes* (Folio n° 3755)
E. HEMINGWAY	*L'étrange contrée* (Folio n° 3790)
E. HEMINGWAY	*Histoire naturelle des morts* et autres nouvelles (Folio n° 4194)

C. HIMES	*Le fantôme de Rufus Jones* et autres nouvelles (Folio n° 4102)
E. T. A. HOFFMANN	*Le Vase d'or* (Folio n° 3791)
J. K. HUYSMANS	*Sac au dos* suivi de *À vau l'eau* (Folio n° 4551)
P. ISTRATI	*Mes départs* (Folio n° 4195)
H. JAMES	*Daisy Miller* (Folio n° 3624)
H. JAMES	*Le menteur* (Folio n° 4319)
JI YUN	*Des nouvelles de l'au-delà* (Folio n° 4326)
T. JONQUET	*La folle aventure des Bleus...* suivi de *DRH* (Folio n° 3966)
F. KAFKA	*Lettre au père* (Folio n° 3625)
J. KEROUAC	*Le vagabond américain en voie de disparition* précédé de *Grand voyage en Europe* (Folio n° 3694)
J. KESSEL	*Makhno et sa juive* (Folio n° 3626)
R. KIPLING	*La marque de la Bête* et autres nouvelles (Folio n° 3753)
J.-M. LACLAVETINE	*Petit éloge du temps présent* (Folio n° 4484)
LAO SHE	*Histoire de ma vie* (Folio n° 3627)
LAO-TSEU	*Tao-tö king* (Folio n° 3696)
V. LARBAUD	*Mon plus secret conseil...* (Folio n° 4553)
J. M. G. LE CLÉZIO	*Peuple du ciel* suivi de *Les bergers* (Folio n° 3792)
J. LONDON	*La piste des soleils et autres nouvelles* (Folio n° 4320)
P. LOTI	*Les trois dames de la Kasbah* suivi de *Suleïma* (Folio n° 4446)
H. P. LOVECRAFT	*La peur qui rôde* et autres nouvelles (Folio n° 4194)
P. MAGNAN	*L'arbre* (Folio n° 3697)

K. MANSFIELD	*Mariage à la mode* précédé de *La Baie* (Folio n° 4278)
MARC AURÈLE	*Pensées (Livres I-VI)* (Folio n° 4447)
MARC AURÈLE	*Pensées (Livres VII-XII)* (Folio n° 4552)
G. DE MAUPASSANT	*Le Verrou* et autres contes grivois (Folio n° 4149)
I. McEWAN	*Psychopolis* et autres nouvelles (Folio n° 3628)
H. MELVILLE	*Les Encantadas, ou Îles Enchantées* (Folio n° 4391)
P. MICHON	*Vie du père Foucault – Vie de Georges Bandy* (Folio n° 4279)
H. MILLER	*Lire aux cabinets* précédé de *Ils étaient vivants et ils m'ont parlé* (Folio n° 4554)
H. MILLER	*Plongée dans la vie nocturne…* précédé de *La boutique du Tailleur* (Folio n° 3929)
R. MILLET	*Petit éloge d'un solitaire* (Folio n° 4485)
S. MINOT	*Une vie passionnante* et autres nouvelles (Folio n° 3967)
Y. MISHIMA	*Dojoji* et autres nouvelles (Folio n° 3629)
Y. MISHIMA	*Martyre* précédé de *Ken* (Folio n° 4043)
M. DE MONTAIGNE	*De la vanité* (Folio n° 3793)
E. MORANTE	*Donna Amalia* et autres nouvelles (Folio n° 4044)
A. DE MUSSET	*Emmeline* suivi de *Croisilles* (Folio n° 4555)
V. NABOKOV	*Un coup d'aile* suivi de *La Vénitienne* (Folio n° 3930)
I. NÉMIROVSKY	*Ida* suivi de *La comédie bourgeoise* (Folio n° 4556)

P. NERUDA	*La solitude lumineuse* (Folio n° 4103)
F. NIWA	*L'âge des méchancetés* (Folio n° 4444)
F. O'CONNOR	*Un heureux événement* suivi de *La Personne Déplacée* (Folio n° 4280)
K. OÉ	*Gibier d'élevage* (Folio n° 3752)
L. OULITSKAÏA	*La maison de Lialia* et autres nouvelles (Folio n° 4045)
C. PAVESE	*Terre d'exil* et autres nouvelles (Folio n° 3868)
C. PELLETIER	*Intimités* et autres nouvelles (Folio n° 4281)
PIDANSAT DE MAIROBERT	*Confession d'une jeune fille* (Folio n° 4392)
L. PIRANDELLO	*Première nuit* et autres nouvelles (Folio n° 3794)
E. A. POE	*Aventure sans pareille d'un certain Hans Pfaall* (Folio n° 3862)
E. A. POE	*Petite discussion avec une momie* et autres histoires extraordinaires (Folio n° 4558)
J.-B. POUY	*La mauvaise graine* et autres nouvelles (Folio n° 4321)
M. PROUST	*L'affaire Lemoine* (Folio n° 4325)
QIAN ZHONGSHU	*Pensée fidèle* suivi de *Inspiration* (Folio n° 4324)
R. RENDELL	*L'Arbousier* (Folio n° 3620)
J. RHYS	*À septembre, Petronella* suivi de *Qu'ils appellent ça du jazz* (Folio n° 4448)
R. M. RILKE	*Au fil de la vie* (Folio n° 4557)
P. ROTH	*L'habit ne fait pas le moine* précédé de *Défenseur de la foi* (Folio n° 3630)
D. A. F. DE SADE	*Ernestine. Nouvelle suédoise* (Folio n° 3698)

Composition Nord Compo
Impression Novoprint
à Barcelone, le 3 septembre 2007
Dépôt légal : septembre 2007

ISBN 978-2-07-034086-6./Imprimé en Espagne.

145330